AVERTISSEMENT DE L'ÉDITEUR.

*LE titre que l'Auteur donne à cette pre-
miere production de sà jeunesse, en an-
nonçant à la fois un enchaînement bizarre
d'idées chimériques, & une période suivie
d'événemens politiques, pourroit faire
prendre le change à ses lecteurs sur le but
qu'il s'est proposé dans cet ouvrage. Je
crois donc devoir entrer à ce sujet dans
quelques détails.*

*Dès l'enfance dominé par le goût du
travail, de la lecture & de la philosophie,
il s'est moins attaché à lire des événemens,
à apprendre des choses superficielles, qu'à
connoître les hommes, à sonder les replis
de leurs cœurs, à étudier leurs caracteres,
et à saisir leur influence sur la consistance
phisique et morale de la société. Né au
village, l'ayant habité jusqu'à l'âge de
dix ans et ayant continué de le visiter
chaque année, ce genre d'étude lui fut bien
plus facile; les hommes y sont francs;*

a ij

leurs passions se développent avec moins de contrainte, & la critique qu'ils ont si souvent occasion d'exercer contre la ville, la cour & le clergé, surtout quand ils avoisinent la capitale, est bien plus libre. Porté ensuite dans le tourbillon des cercles les plus brillans de la capitale, après avoir parcouru successivement toutes les classes de l'infortune & de la prospérité, il étendit ses vues, il multiplia ses études, ses recherches ; il osa même approfondir les mysteres de l'administration des grands états ; il chercha quels étaient les résultats du pouvoir des loix et de la religion sur les différens ordres de citoyens. Admis par les fonctions de son état, avec l'homme de cour, le militaire, le magistrat et l'homme d'église ; vivant par goût avec l'artiste, le négociant, l'homme de lettres, le philosophe, le bourgeois ; il recueillit peu à peu les diverses opinions et même les systêmes de chacun sur son état.

L'homme de cour lui apprit par quels moyens on parvenoit à captiver la bienveillance d'un Souverain, et lui dévoila les

ROMAN

HISTORIQUE, PHILOSOPHIQUE ET POLITIQUE

DE BRYLTOPHEND,

ÉCRIT par lui-même currente calamo, *pour la premiere fois en 1778, r'écrit de mémoire l'année suivante en quinze soirées.*

Tous les discours font des fottises
Partant d'un homme fans éclat.
Ce feroient paroles exquises,
Si c'étoit un grand qui parlât.

AMPHYTRION. *Sosie, acte II, scène Ire.*

SUIV: de trois Relations, la premiere fur le royaume du Thibet, en 1774, par M. Bogle; la deuxieme fur le Japon, en 1776, par M. Thunberg; & la troifieme fur l'île de Sumatra, par M. Miller fils.

TRADUIT DE L'ANGLOIS
PAR BRYLTOPHEND.

A PÉKIN,

Et fe trouve A PARIS,

CHEZ ROYEZ, Libraire, Quai des Auguftins, près le Pont-Neuf, & au paffage de l'hôtel Touloufe.

1789.

intrigues des courtisans, & les malheurs
des peuples sacrifiés à l'ambition d'un petit
nombre de ministres ou de favoris. Le militaire lui découvrit les ressources puis-
santes qu'on trouverait dans les gens de
guerre, si l'on récompensait toujours le
mérite, si l'on punissait la trahison, si
l'union régnait parmi les chefs, & si les
généraux se montraient les pères de leurs
soldats, et non leurs tyrans ; l'aveu tacite
du magistrat le confirma dans l'opinion
qu'il a depuis longtemps des abus de la ju-
risprudence, et de la réforme qu'ils exigent.
La suffisance, le faste, le ton dominant de
l'abbé ne servirent qu'à le convaincre que
ses prérogatives sont trop grandes, que son
pouvoir n'est pas assez limité, et que nos
foiblesses, et celles du gouvernement entre-
tiennent à trop grand frais son orgueil & sa
vanité. Enfin de fréquentes conversations
avec les artistes, les gens de lettres, et la
bourgeoisie, lui indiquerent de nouveaux
moyens de contribuer à l'éclat des lettres
& au bonheur de toutes les conditions. Il
y réfléchit pendant longtemps, & malgré les

dangers d'écrire, d'après son jugement sentimental, il s'y détermina, entraîné victorieusement par l'amour de la vérité, et par celui d'être utile à ses concitoyens. Le plan de son ouvrage fut ce qui l'arrêta le plus.

Curieux de présenter ses observations philosophiques d'une maniere qui pût adoucir la sécheresse des préceptes ; de donner une espèce de suite et d'enchaînement à des reflexions écrites en divers temps, et suivant les circonstances qui l'avaient entraîné ; et d'éviter enfin une partie des défauts que la critique sévère pourrait relever dans cet ouvrage ; il eut d'abord l'idée d'en faire un roman politique, ayant pour titre l'Ami du Peuple et des honnêtes gens. Il la communiqua à MM. l'Abb. M***, l'Abb. B***, B. de T***, C. de J***, S***, T***, B***, M***, N***, qui l'approuverent, & il mit aussitôt la main à l'œuvre. Mais bientôt son ardeur pour le travail enflamma son sang à tel point qu'il essuya une maladie des plus graves. L'effervescence de son imagination ne se rallentit point ; toujours occupé de son travail dans les transports violens qu'il éprouva pendant près de 20 jours, il ne parlait que de législation, de finances, de commerce, d'abus, de réforme ; enfin sa maladie, comme on le verra, fut terminée par un rêve assez singulier, puisqu'il se trouva le héros du roman qu'il se préparait à composer ; et que tour à tour, malheureux, voyageur, soldat, général, reconnu fils de monarque, monarque lui-même, il souffrit, observa, combattit, gouverna, et, ce qui est peut-être plus difficile, reforma un grand royaume. Dès ce moment il oublia le plan qu'il avoit tracé, pour exécuter son roman politique, et aussitôt que les forces le lui permirent, il écrivit tout ce que sa mémoire fidelle lui rappellait.

Voilà l'ouvrage que je présente aujourd'hui sous le titre de *Roman Philosophique et Politique de Bryltophend*. On ne reprochera pas sans doute à l'auteur d'avoir semé les fleurs de cette éloquence si familiere à ces brillans auteurs que l'on se propose pour modeles et sur les traces *desquels on ne fait souvent que ramper. Il n'a eu d'autre but que de rendre clairement ses idées; son unique ambition a été et sera toujours d'écrire pour les philosophes amis de l'humanité; cela seul suppose qu'il a renoncé à la prétention de fixer l'opinion générale.*

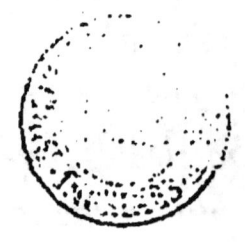

EXTRAIT de la Lettre écrite à M. l'Abbé..... (1), sur l'annonce ou soulagement porté aux malheureux indigens.

SENTIMENT de Massillon ou d'un respectable Prélat autant qu'il m'en souvient, écrit de mémoire le 13 janvier 1789, à..... près Paris.

Commençant ainsi Hélas! Hélas!

LES riches avec tous les secours de l'opulence, ne peuvent pas se garantir eux-mêmes d'un long et cruel hiver; quel doit donc être le sort déplorable du pauvre, dénué en partie de toutes les ressources

---

(1) Cette Lettre n'a pu être rendue que le 25 janvier.

nécessaires à la vie! Quand vous êtes (en s'adressant aux riches) rassemblés dans l'intérieur de vos maisons somptueuses, de vos palais, autour de vos foyers, servis par vos valets et que nous vous entendons encore vous plaindre de la dureté & de l'intempérie de la saison, représentez-vous donc, ô vous grands Seigneurs et vous aussi personnages riches, les souffrances extrêmes de tant de malheureux, et dites vous à vous-mêmes, sans écouter les sentimens contraires de vos lâches et vils courtisans; pendant que nous sommes ici environnés de tout l'appareil du luxe et de toutes les précautions de la molesse, hélas! combien de pauvres exposés dans leurs tristes réduits à toutes les injures de l'air, sans vêtemens, sans feu, sans alimens quelconques, &c. &c.

Eh! combien de misérables artisans, ouvriers, manœuvriers &c., dont les mains engourdies par le froid et la misere, ne peuvent manier les instrumens ou machines aratoires utiles à leurs travaux! Combien d'un autre côté de pauvres journaliers

voyons-nous croupir dans une oisiveté for-
cée, par la rigueur d'une semblable saison,
et n'avoir aucun moyen de faire vivre leur
malheureuse famille !

Combien encore de pauvres mères qui ne
peuvent réchauffer les membres débiles de
leurs enfans, &c. &c.

De même encore, combien de misérables
& pauvres vieillards, déjà glacés par les
années ; de pauvres infirmes, de pauvres
malades manquant des choses les plus nécessaires à la vie, et accablés par le besoin,
sont étendus sur des lits de douleurs, n'ont
pour se couvrir que de misérables lambeaux
épars çà & là & éprouvent avec toutes leurs
autres souffrances les rigueurs du froid et du
désespoir, douleur plus cuisante encore que
celle de la soif et de la faim, &c. &c.

On doit donc rendre justice aux personnes qui ne craignent point d'exposer
leur santé, leur vie, et même leur fortune,
pour secourir les malheureux ; on doit même
rejetter et supprimer toutes espèces de calculs, d'objections ; les représentations &c.,

quand il s'agit de porter des secours aux malheureux. Le pur sentiment en pareil cas, quand on est animé de l'amour du bien, suffit au sage, pour faire respecter la vertu qui anime celui qui se sacrifie volontairement, & surtout quand il se montre à découvert, et mieux encore quand il se cache.

Le même personnage, autant qu'il m'en souvient, dit encore et ailleurs : songez, dit-il, aux suites inévitables de cette calamité ; représentez-vous un grand nombre de pauvres familles ruinées et épuisées par la longue interruption de leur travail ; songez en outre à la cherté de toute espèce d'aliments les plus nécessaires à la vie, & dont la rigueur du temps, la médiocrité des récoltes, la difficulté des transports, en augmentent les prix ; et cela malgré même toute l'humanité & toutes les bienfaisances annoncées dans toutes les feuilles périodiques et même encore les précautions du gouvernement, &c. &c.

Réfléchissez-y bien, et songez à toutes les maladies causées déjà par cette cruelle intempérie, et que peut-être le changement d'un temps très-prochain pourra multiplier encore.

Qu'on parcoure les campages, qu'on visite les chaumieres, qu'on examine les fauxbourgs des villes, & surtout ceux de la capitale, comme j'ai fait; on ne trouvera que trop malheureusement de ces tristes vérités; que chacun se hâte donc de porter les secours qu'il a en son pouvoir, et je serai content.

Noms des personnes qui ont lu les ouvrages de Bryltophend, avant qu'il se hazardât à les soumettre à la censure en 1785, et au jugement du public.

A Lonj... MM. le Goi, Curé, Beauss, Rigu, compatriotes de Bryltophend.

A S. G... MM. l'Ab. Blanc..., l'Ab. Mil..., le B. de Thurd..., l'Ab. Clup..., de L'Ep..., du Bren... Med., Pemesch..., Hu..., de Rochef... La plûpart de ces personnes ignoraient qui était Bryltophend, excepté ses compatriotes, MM. Blanch..., Mill..., du Bren..., Rochef...

A Par... *MM. de Boisg...*, *Saur...*, *le Ch. de Jens...*, *JJ. Rouss...*, *l'Ab. Mab...*, *l'Abb. Arn...*, *Dider...*, *Dalem...*, *de Buff...*, *le Marq. de Turg...* Toutes ces personnes, excepté *MM. de Boisg...*, *JJ. Rouss...*, et le Marq. de Turg..., ont ignoré l'auteur.

PROFESSION DE FOI DE BRYLTOPHEND.

> Je reconnais un seul Dieu que j'adore;
> Je chéris mes parens, j'aime les hommes vrais;
> Et d'un bienfaiteur que j'honore,
> J'ai toujours présens les bienfaits.
> Bien mériter de la patrie,
> En défendant sa liberté
> Et les droits de l'humanité;
> Tels sont les sentimens dont je me glorifie.

A mon Camarade d'Ecole.

C'EST un conte qu'il te faut, mon ami, et rien de plus dis-tu? Eh bien volontiers, sans avoir beaucoup vécu, sans avoir beaucoup vu, sans avoir voyagé, sans avoir infiniment lu? c'est un peu difficile; mais avoir bien examiné, c'est ce que j'ai fait ; n'avoir rien omis de ce qui peut frapper la sensibilité physique, c'est encore ce que j'ai fait, ainsi que de rapprocher les objets, de rassembler mes idées, de comparer, de juger, &c. &c. sont la seule essence qui me fait exister, et qui j'espère durera autant que moi.

Enfin voici mon conte.

Dernièrement je lisais l'histoire des voyages de M. D...., à chaque trait je me

Ecrit en 1775, & envoyé à mon Camarade d'Ecole, habitant de Lonj..., au mois de juillet. Id. le jeune homme est mort en 1777.

faisais mille reproches, quoi me disai-je?
je n'irai jamais là, ne verrai-je jamais cela?
si fait, si fait, m'écriai-je tout à coup,
j'irai et je verrai. Enfin après avoir fini
l'histoire des chapeaux, des turbans, des
bonnets, des clochets, des minarets, des
tours de porcelaine, des palais, des ca-
banes, des tentes, &c. Après dis-je,
avoir examiné les religions, les mœurs,
les coutumes de la plûpart des peuples.
Après avoir vu ici la terre féconde en bled,
là en ris, ailleurs couverte de troupeaux,
d'un autre côté habitée par des reptiles
et des bêtes féroces, de ce côté-là
déserte et inaccessible; que te dirai-je
enfin? te dirai-je que partout les misérables humains sont des victimes oppres-
sées sous le poids accablant de la superstition et de la tirannie. J'ai vu, mon
cher ami, tous les préjugés réunis sous
chaque Prince, arborer un étendard sacré,
et faire courber les mortels imbécilles sous
un joug de fer. J'ai vu généralement tous
les peuples étonnés de la sottise de leurs
voisins.

voisins, et ne pas s'appercevoir de la leur.
Un Brachmane rire des voyages de Mahomet dans la lune, un Derviche se moquer des méthamorphoses de Vesnon et
de la prétendue transmigration des ames!
Tous les hommes se traiter de fous, l'être
en effet, n'en jamais convenir, pas même
s'en douter. Par tout pays on voit la plus
grande partie des hommes consumée de
travaux pour entretenir dans une molle oisiveté quelques heureux brigands fainéans?...

Je vois encore, (voilà mon conte), ces
malheureux habitans privés de leurs parts
aux fruits de leurs labeurs, faire croître le
blé pour ne vivre que d'orge; planter,
cultiver la vigne et ne boire que de l'eau !
Je les ai vu ces malheureux, (chose trop
avérée), manquer des plus grossiers alimens pour satisfaire une faim pressante;
tandis, cher ami, que les mêts les plus
exquis peuvent à peine exciter le goût
usé et dédaigneux d'un très-petit nombre
d'hommes gorgés de délices; j'ai vu ces
derniers et ne les vois que trop souvent,
recevoir comme une dette les faveurs de

la fortune, regarder, dis-je, comme un privilege exclusif de leur espece, ce partage inique qui met et dépose toute la peine d'un côté, et tous les fruits de cette même peine de l'autre, penser, même être des individus à part, destinés par leur nature à être les bienheureux de la terre dont ils sont le fléau accablant.

Que te dirai-je encore, mon ami? (c'est ma conclusion;) que j'ai rencontré partout la sotise et le malheur. Oui mon ami, ce sont des plantes naturelles à tous les climats, et qui ne meurent jamais. Avouons que l'homme, ce néant orgueilleux qui s'est toujours dit le Roi de la nature, a payé et payera toujours bien cher le ténébreux éclair de sa courte existence. Après tout, quand on considere la briéveté des songes de cette malheureuse vie, on trouve bientôt que les choses ne valent pas en vérité, toute l'importance qu'on y met; voilà tout, bonheur et malheur, plaisir et peine, et tout ensuite va se perdre et s'engloutir dans ce vaste océan de l'éternité; ô éternité qui te connoîtra?

Dans la suite, ami, je te communiquerai quelques autres réflexions, en continuant mon conte sur les différentes nations, et j'aurai toujours recours à mon cher M. D...

DIALOGUE

ENTRE un Citoyen & son Esclave
de la ville de....... en Grèce, l'un
de la secte d'Épicure, l'autre de
celle de Platon;

POUR faire allusion aux mœurs de M. de...
& de la ville de... en France.

DISCOURS PRÉLIMINAIRE.

Il y avait à la ville de..... un homme de
la plus grande distinction et puissament
riche, qui faisait profession de sagesse et
de vertu, même de philosophie; mais il
prenait ces choses dans un sens bien dif-
férent que celui dans lequel les enten-
daient Socrate et son illustre élève Platon.
M. de..... disciple d'Épicure et d'Aris-

tippe, faisait consister la sagesse dans l'art de se rendre heureux, et le bonheur dans la jouissance tranquille de tous les plaisirs. Il convenait que la philosophie devait régler nos passions, mais il ne croyait pas qu'elle dût les éteindre. Il pensait au contraire que c'était offenser les Dieux, que de détruire ces sentimens dont ils nous avaient eux-mêmes animés. Conséquemment à ces principes, les philosophes de la suite d'Epicure se livraient à la volupté; mais tâchaient de l'économiser pour la rendre plus délicieuse et plus durable. Ils en étendaient la sphere sur tout ce qui les approchait, et cherchaient à faire entrer en partage de leur félicité, ceux surtout dont la phisionomie leur persuadait qu'ils étaient pour ainsi dire appellés au bonheur.

L'esclave, dont il a été fait mention dans le titre de ce dialogue, pouvait être de ce nombre, et M. de..... forma le dessein d'en faire son lecteur, son confident, son ami, enfin son disciple et peut-être son héritier; il lisait sur sa figure, l'augure d'une grande fortune.

La ville de..... était le séjour d'un sen-
suel Epicurien, cette grande et belle ville
bâtie en amphithéâtre, sous le plus beau
et le plus délicieux climat du monde, et
sur le bord de la mer, sur le bord de la
Seine ; d'un côté une vaste forêt....... de
l'autre une plaine immense....... était à portée d'unir à toutes les richesses de l'Asie
ou de la ville de....... le goût et l'esprit
cultivé de la Grèce.

Voici l'histoire.

M. de.......... ayant appris d'un de ses
sectateurs qu'il y avoit des Pirates arrivés
dans le port de la ville de........ et qu'ils
avaient exposé un grand nombre d'esclaves en vente, y fut. Après les avoir
bien examinés il se fixa sur l'un d'eux,
le paya et l'enmena avec lui ; notre Epicurien lui demanda son nom. Je m'appelle Ascylte, répond l'esclave : eh bien ?
Ascylte, dit le philosophe d'Epicure, sça-
vez-vous ce que c'est que la sagesse, et
serez-vous bien aise d'appartenir à un Sage ?
assurément répond Ascylte, j'ai étudié la

philosophie à A..... (ou à P.....); puisque le sort me réduit à l'esclavage, je suis bienheureux de me trouver sous la domination de quelqu'un qui reconnaît lui-même l'empire de la vertu.

Mon fils, répondit le sectateur d'Epicure, ma philosophie est l'art de vivre. Nous vivrons ensemble, vos occupations dans ma maison ne seront pas bien fatigantes, vous avez la voix belle et sonore, vous prononcez purement et distinctement notre langue, vous la lisez sans doute et l'écrivez de même, vous serez mon confident et mon lecteur.

Mais le soir il fut témoin d'un souper, où les amis de M. de....... étaient invités, et les gens les plus distingués, les plus aimables de la ville de...; une chere excellente, des vins délicieux ; un beau et magnifique salon retentissait des sons de la plus harmonieuse musique ; ensuite de jeunes esclaves de l'un et de l'autre sexe l'exécutaient et chantaient accompagnés du violon, de la flutte, du basson, du cor et de la lyre ; d'abord sur le mode

Dorien ; ensuite sur le voluptueux mode Lydien. A la fin du repas, des danseuses encore plus séduisantes, exécutaient tantôt au son de la voix, et tantôt au son des instrumens, des ballets dont les pas vifs et légers exprimaient la tendresse et jettaient les spectateurs dans une ivresse plus douce que celle du vin, dont le sage M. de........, avait soin de verser avec modération, ensuite on chanta chacun sa chanson ; l'Epicurien demanda à Ascylte s'il sçavait chanter ; ouï, dit-il, je sçai l'hymne au soleil, je la chante dans le vrai goût des prêtres de l'oracle de...... Mon fils, lui répondit en souriant le philosophe asiatique, l'hymne au soleil serait déplacée à présent ; il fait nuit : ce sera pour un autre moment ; pour ce soir nous devons écouter les vers de Théos et du divin Anacréon.

Le jeune Platonicien se retira en voyant qu'il s'étoit trompé en croyant entrer au service d'un Sage.

Le lendemain M. de....... le conduisit dans sa bibliotheque, et ils entamerent cette longue et importante conversation qui fut suivie de plusieurs autres ; chacun y soutint son opinion par les meilleures raisons et les plus forts argumens qu'il pût employer. Mais le sectateur d'Aristippe ne put rien remporter sur le sectateur de Zenon,

DIALOGUE.

Voici, dit l'Epicurien à Ascylte, les ouvrages dont nous devons nous occuper dans les heures de la journée, ne vous imaginez pas que ceux que vous verrez soient toujours du même genre, j'ai pour principe de les varier. Je considere d'abord les grands tableaux que présente l'histoire, je passe ensuite à la poësie, même à la littérature. Je change de genre; après m'être élevé dans les nues à la suite du sublime *Pindare* ; je redescens sur la terre et me promene avec *Théocrite & Bion.*

Ascylte. Je vois dans votre bibliotheque les noms de ceux de tous les poëtes illustres ; quoiqu'en qualité de disciple de

Platon, je ne fasse grand cas de ces Messieurs-là, je ne suis point fâché de les voir ici; j'y vois avec plaisir les belles harangues de Démosthène et d'Eschine, les histoires écrites par Thucidide et Xénophon; et des recherches sur les sciences naturelles, les parties de la physique, l'économie, même un peu de politique et un petit traité de morale. Mais où sont donc les ouvrages de nos grands philosophes? Les œuvres du divin Platon ne sont pas ici, rien sur la métaphysique, la psycologie et les sciences intellectuelles.

M. de........ Mon fils, le sistême de ma bibliothéque vous apprend celui de ma philosophie; il faut vivre et jouir, tels sont les principes de la secte à laquelle je suis attaché, il ne faut pas beaucoup de livres pour les faire goûter; je veux les partager avec vous; pour vous mettre plus à portée d'adopter ou de rejetter mon système, je vous affranchis, dans deux ou six mois vous serez libre d'aller pratiquer ailleurs une philosophie plus austère. Mais promenons-nous dans cette galerie et discutons en marchant cette grande matiere, car de toutes les regles de la philosophie Peripateticienne, je n'en ai adopté qu'une seule, qui est de raisonner en me promenant, c'est le moyen de réunir l'exercice du corps et celui de l'esprit. Commencez le premier. Je serai bien aise de répondre à vos questions.

Ascylie. Tout ne vous indique t'-il pas que votre ame est immortelle et que c'est un être d'une espèce supérieure qui en a réglé la sublime ordonnance? Vous devez donc vous occuper de votre état futur et du moment où la foible étincelle du feu divin qui forme votre esprit, sera réunie à la masse générale qui échauffe et éclaire l'univers?.....

M. de..... Tout ce que je vois clairement ou plutôt ce que je sens distinctement, c'est que je fais partie d'un grand tout, et que je ne dois briser ni affaiblir aucun des ressorts de cette grande machine. Mais rien ne m'empêche de m'occuper de mon bonheur particulier et du plaisir qui s'en suit. Eh! qui pourrait y trouver à redire, à moins que par l'effet d'une révélation spéciale, il ne me soit démontré que j'offense l'Etre suprême en cherchant à me satisfaire sans nuire aux autres ni troubler l'ordre général? Eh! mon fils, arrangeons-nous dans notre étui, et prenons-y l'attitude qui nous est la plus commode, quand nous en serons hors, nous deviendrons ce qu'il plaira au destin qui se jouera toujours de nous.

Ascylte. Quoi de plus beau, de plus grand et de plus noble, que de se roidir contre les passions qui veulent nous subjuguer, contre les plaisirs qui veulent nous séduire, contre la douleur qui veut nous accabler? c'est imiter Hercule, et mériter comme lui d'être mis au rang des Dieux.....

M. de...... Ouï, mon fils, mais Hercule était vraiment dans la nécessité de dompter les monstres; il ne faut pas s'en forger pour combattre; modérons nos passions, si elles veulent nous maîtriser au point de nous rendre malheureux; caressons-les si elles ne sont que du goût qui se préte à toutes les positions où nous nous trouvons, em-

bellissent nos jours et les rendent délicieux. Prenons garde qu'en résistant aux
plaisirs qui s'offrent à nous, nous ne les
changions en peines et que nous ne finis-
sions par les regretter après avoir refusé
d'en jouir. Consultons la nature, c'est
elle qui dicte les lois que l'homme doit
suivre. Pour atteindre à la félicité, on
nous parle des plaisirs du cœur et de l'esprit de la vertu, il en est aussi qui dé-
pendent des sens et ce ne sont pas les
moins réels. Au contraire les autres ne le
sont que parce qu'ils nous représentent ce
que les premiers nous font éprouver en
effet. Mais il faut les mêler, parce que
ceux des sens fatiguent nos organes, et
que les autres les reposent et les adou-
cissent. Résistons à l'infortune et à la douleur; sans doute, il faut opposer de la fermeté et de la force aux accidens que l'on
peut éprouver. Mais y succomber est d'un
lâche, les prévenir de trop loin est d'un
sot, aller au devant est d'un fou.

Ascylte. J'ai étudié la philosophie à
Athenes (ou à S.) et j' ·u les Sages

se partager en différentes classes, et dis-
puter même assez vivement sur le plus ou
le moins d'étendue de l'homme vertueux;
mais je les ai toujours vu d'accord sur les
principes dont vous me paraissez nier l'existence; aucune des sectes dont j'ai entendu
parler ne met en doute que la vertu ne
soit le plus beau et le plus sûr moyen de
parvenir au bonheur, et je n'ai connu que
des libertins livrés à leurs penchants, sans
mesure et sans réflexion, qui osassent pratiquer le contraire et l'avouer.

M. de....... Vous avez raison, mon fils,
(en baissant la voix), vous avez raison de
croire qu'on ne peut être philosophe sans
faire cas de la vertu et sans mettre son vé-
ritable bonheur et sa gloire à la pratiquer.
Mais en quoi consiste-t-elle cette vertu?
c'est sur sa définition que nous disputons,
si vous la faites consister dans la privation
des plaisirs; je ne saurais être de votre
avis; si vous la définissez, l'art de faire un
juste et sage usage de ces mêmes plaisirs,
nous sommes d'accord. La conduite du
libertin ressemble à celle d'un coursier

indompté, qui court, qui rue, qui mord, sans frein et sans guide, ou à celle d'un animal qui chasse par instinct et qui n'étant point dressé, prend du gibier au hazard, en manque beaucoup et n'a pas de proie assurée. Le sage voluptueux au contraire en connaît tout le prix, il regle ses goûts, il ménage ses plaisirs, s'en assure la durée, en tourne une partie au profit de la société et jouit heureusement du reste. Ouï nous autres Epicuriens nous rendons hommage à la vertu, mais c'est à la vertu sociale, à la pratique de laquelle il y a à gagner pour tout le monde; malgré la sagesse de nos maximes, je n'oserais les soutenir ouvertement à Athènes (à P.), j'ose les débiter à Smyrne (à S.), ici je ne crains point la ciguë; mais dans quel pays du monde devrai-je être puni, pour soutenir des maximes qui ne peuvent nuire à la société? *Socrate* et son illustre éleve (Platon) la servaient moins bien que moi. Je cherche mon bonheur et celui des autres, voilà ma seule ambition, heureusement j'ai senti de bonne heure la nécessité d'économiser mes forces et mes plaisirs. J'ai eu vingt ans et je n'ai point abusé des dons de la nature, à cet âge où l'on croît en avoir en soi une mine inépuisable, aussi ne l'ai-je point trouvé épuisée à quarante et me suis-je réservé d'autres ressources qui me servent à soixante et qui me meneront doucement au tombeau? Car c'est-là , mon cher Ascylte, qu'aboutit la sagesse aussi bien que la vertu.

LE RÊVE PHILOSOPHIQUE

ET POLITIQUE

DE BRYLTOPHEND.

Je venais d'essuyer une maladie des plus graves , et je commençais à peine à entrevoir quelques lueurs d'espérance pour la conservation de mes jours , que je demandai des livres. Mon médecin , à qui l'on fit part de mon goût passionné pour la lecture , et qui redoutait avec raison qu'une trop grande application ne nuisît au raffermissement de mes organes affaiblis par les secousses d'une fièvre ardente et continue , défendit à tous ceux qui m'entouraient, de m'en donner aucun, et me fit promettre de ne pas abuser de la facilité avec laquelle on céderait sans doute au desir de flatter mes goûts et mes penchans ; et dès ce moment, il s'offrit à venir converser avec moi le plus souvent qu'il le pourrait. J'acceptai son offre honnête avec autant de plaisir que de reconnaissance ; car c'était

A

un de ces aimables savans, qui se rencontrent
rarement dans les sociétés , et il alliait aux
connaissances les plus profondes de son art ,
toutes celles qui sont du ressort de la morale ,
de la politique et du droit des gens : matières
abstraites qu'il savait orner des graces d'une
diction facile et pure. Il possédait parfaitement l'histoire ancienne et moderne , dont
j'avais fait moi-même une étude particulière ;
et en passant en revue les différentes formes
de gouvernement, nous analysions les différens systêmes qui ont prévalu jusqu'ici, pour
assurer le bonheur des peuples , et les contenir dans les bornes de leurs devoirs, et de
la soumission qu'ils doivent aux lois de la
religion et du prince.

Nous parcourions un jour en philosophes
ces vastes contrées qui suivent les lois de
l'Alcoran , et où l'on adore le *Chang-ti*. Les
empires Turc , Persan et Chinois offraient
tour-à-tour un vaste champ à nos réflexions
sur les avantages réels du pouvoir monar-
chique , lorsqu'un seul homme peut et or-
donne le bien de ses sujets.

Mon docteur m'étonnait par la justesse de
ses raisonnemens et la profondeur de ses
vues ; et il m'en restait de si fortes impres-

sions dans l'esprit, que rarement je me livrais au sommeil, sans me revoir en songe occupé à rectifier des codes de législation, et des formes d'administration civile et militaire, en qualité de sage, quelquefois de ministre, et souvent même en qualité de monarque.

Un jour que nous avions parlé de la constitution de l'empire chinois, des lois fondamentales qu'y avaient établies les sages souverains des premières Dynasties, de la sanction que leur avaient donnée les préceptes et les écrits de l'immortel Confucius, et qui ont fait subsister dans l'état le plus florissant ce vaste empire, ravagé et conquis tant de fois par les Tartares, je me sentis un peu fatigué : la vivacité avec laquelle j'avais défendu la cause des Chinois, contre lesquels mon docteur était un peu prévenu, m'avait donné un petit accès de fièvre, je me mis au lit. Au bout de deux heures, j'eus un redoublement. Mon docteur, qui ne m'avait point quitté, me calma par une potion qui me procura même un sommeil de vingt-quatre heures sans interruption, pendant lequel j'eus un rêve vraiment singulier, et d'autant plus étonnant que les grands événe-

mens que mon imagination enfanta, ont eu
des suites qui sont rarement l'effet d'un cer-
veau que le délire du sommeil inspire.

VOILA QUEL ÉTAIT MON RÊVE.

J'avais vingt-deux ans lorsqu'on m'apprit
que j'étais le fils d'un empereur de la Chine.
Jusqu'à cet âge, j'avais été élevé par un
vieillard, sur les confins de l'empire. Je ne
connaissais que lui de parent, il m'appellait
son fils, et je lui donnais le nom de père ;
il fournissait à tous mes besoins avec une
tendresse vraiment paternelle. Ce bon vieillard avait eu le plus grand soin de me cacher mon origine ; seulement il m'avait dit
que nous étions étrangers, et qu'un jour
nous reverrions notre patrie. Jusques-là rien
de ce qu'on appelle ambition, passion, ne
m'était connu. Tout en moi se trouvait mi-
tigé par les conseils de ce bon mentor. Son
plus grand soin fut de former mon ame à
bien sentir, et sur-tout à être juste.

J'étais tombé entre ses mains par un événement bien extraordinaire, et bien funeste à
tous ceux de mon sang. L'empereur mon
père, homme faible, superstitieux, plongé

dans la mollesse et livré à tous les plaisirs,
avait de tout tems gouverné son empire par
les conseils de ses concubines favorites, ou de
quelques mandarins de lettres et d'armes, qui
commençaient par flatter les goûts de leur
maître, et finissaient par se faire craindre;
ainsi tout allait fort mal : il y eut souvent
des séditions et des conspirations.

Ce fut dans un de ces tems de trouble que je
naquis. Un des principaux ministres du *Hong-
Pou* [tribunal des finances], mis en place
par une concubine en faveur, avait alors,
par son ambition et sa mauvaise administration, culbuté toutes les finances du royaume,
et ruiné en partie toutes les provinces; il avait
eu le secret de quadrupler les impôts, et
d'en détourner une partie pour se faire un
revenu immense ; ses vexations soulevèrent
par degré plusieurs provinces, qui envoyèrent
leurs principaux mandarins à la cour, pour
demander la tête de l'oppresseur : *Ki-tséo*
(c'était, si je m'en souviens bien, le nom
du ministre) abusant du crédit qu'il avait sur
l'esprit de l'empereur, obtint un ordre qui
enjoignait aux députés de quitter la cour sur-
le-champ, et de retourner dans leurs provinces, sous peine de la vie s'ils osaient re-

paraître ; il eut même l'adresse de gagner plusieurs courtisans, qui firent entendre au prince, que c'étaient des complimens et des présens que chaque province prétendait faire au ministre, en reconnaissance de sa bonne administration, et que chacune d'elles, ayant le projet de le renouveller tous les ans, le ministre s'y opposait, et employait même à cet effet l'autorité du souverain. *Ki-tsée* triompha, il n'en parut que plus estimable à l'empereur, et recouvra la tranquillité que cet événement avait troublée. Elle fut de courte durée.

Les mandarins, de retour dans leurs provinces, n'eurent pas plutôt raconté la réception qu'ils avaient eue, que la plûpart des mécontens levèrent l'étendart de la révolte, Bientôt il y eut sur pied une armée considérable. Plusieurs mandarins d'armes, disgraciés injustement par *Ki-tsée*, se mirent à la tête de différens corps, les disciplinèrent, et les conduisirent droit à Péking. Leur marche fut si bien concertée, que la capitale et la maison de plaisance, où l'empereur passait alors la belle saison, furent entourées de toutes parts avant qu'on eût été informé de leur approche. L'allarme fut générale ; les uns fuyaient, ou se préparaient à la fuite : les autres s'entr'égorgeaient, pour soutenir ou pour combattre le parti des rebelles. Le reste des citoyens attendaient, sans se ranger d'aucun côté, quelle serait l'issue de cette guerre, dont ils se regardaient déja comme les victimes.

Ki-tsée ne s'oublia pas dans cette circonstance. Après avoir calmé les alarmes de l'empereur et de sa cour, après avoir pourvu à la sûreté de la famille royale, il se rendit à Péking, fit armer tous les habitans en état de porter les armes, et alla fondre à l'improviste sur les rebelles.

Ce barbare oppresseur de l'empire, qui, pour toute autre cause, eût mérité le titre de grand homme, déploya par-tout les plus grands talens et la plus grande valeur. Général et soldat tout à la fois, il dirigeait le plan des attaques, et s'y distinguait par l'acharnement avec lequel il cherchait les chefs des séditieux, pour les immoler à sa vengeance : rien ne pouvait résister à ses coups. Voyait-il ses troupes épouvantées fuir devant l'ennemi, il montait sur un char, et se faisant suivre par plusieurs chariots chargés d'or, il passait à travers les rangs, criant à ses soldats :

A 4

« mes amis , mes braves compagnons , ven-
» gez votre patrie , vengez votre souverain,
» vengez-moi, voilà vos récompenses.

C'était par ce moyen puissant , et par les
exemples de valeur qu'il donnait en marchant le premier à l'ennemi , en pénétrant
dans ses retranchemens , en mettant le feu
à ses tentes , qu'il ranimait le courage des
siens , et qu'il se frayait le chemin de la
victoire.

Ses succès , la mort ou la prise de presque
tous les chefs des mutins , et la pacification
presque subite des provinces révoltées , lui
procurèrent les triomphes les plus brillans,
et lui firent donner le beau nom , mais si
peu merité , de *défenseur* et de *libérateur* de
la patrie. L'empereur voulut l'avoir à ses
côtés dans son char, à son entrée dans Péking, et lui conféra un titre qui le mettait
à la tête de tous les tribunaux , et de toutes les troupes , sans être soumis à aucune
inspection qu'à celle du souverain.

Dès ce moment il donna un libre cours
à son despotisme ; tout pliait sous le joug
de sa puissance ; tous les grands fléchissaient
les genoux devant lui : les trésors de l'état
entraient de toutes parts dans ses coffres :

rien ne manquait à son ambition que le trône , et il osa y aspirer.

Se défaire de l'empereur , était le parti le plus prompt et le plus sûr. Ce crime , tout atroce qu'il est, n'eût rien coûté à ce monstre , mais l'impératrice , femme ambitieuse et redoutable par ses grands talens et son crédit sur l'esprit de tous les grands de l'empire , n'eût point laissé enlever impunément la couronne à ses enfans. *Ki-tsée*, en politique adroit et cruel, s'occupa des moyens de se défaire de cette princesse et de ses enfans, et y réussit. Il fit d'abord répandre sourdement que la rebellion des provinces avait été l'ouvrage de quelques personnages qui avaient des vues sur le trône, et qu'une nouvelle conspiration allait éclater contre les jours de l'empereur. Ce prince l'apprit par quelques billets anonymes que *Ki-tsée* avait eu soin de faire répandre dans les jardins de sa majesté , et courut tout effrayé chez son ministre favori , lui demander des conseils pour mettre ses jours en sûreté.

Ki-tsée, loin de diminuer les dangers pour calmer l'empereur , chercha à les grossir encore, en lui faisant confidence, mais affectant de demander le plus grand secret , en lui confiant, dis-je, que le coup partait de la main de l'impératrice. « L'impératrice, » mon épouse ! lui dit le prince en soupi- » rant. Oui, seigneur, ajouta le monstre, » et vous n'avez d'autre parti à prendre que » de l'éloigner avec ses enfans auprès de la » grande muraille (*). Attendant le moment » favorable pour vous en défaire, sans exci- » ter le murmure du peuple, à qui il faut » laisser ignorer pour jamais le crime de votre » épouse, et les dangers que vous aviez à » courir de ses enfans, à qui elle a déja » inspiré de l'horreur pour vous, et qu'elle » entretient dans les idées de grandeur atta- » chées au rang, dont votre existence les » prive ».

L'empereur ne put retenir ses larmes en apprenant ces horreurs ; bien qu'il détestât l'impératrice, dont la jalousie était le tour- ment de sa vie, il aimait ses enfans, et il ne voulait pas qu'ils fussent enveloppés dans

---

*) Tout le monde connaît cette fameuse muraille qui parcourt plus de sept cens lieues de pays, et qui fut élevée par un empereur chinois, nommé *Ou-ling*, l'an 3o3 avant l'ère chrétienne, pour opposer une digue aux Tartares qui venaient sans cesse faire des irruptions dans la Chine.

la disgrace de leur mère. Mais *Ki-tsée* sut tellement le persuader de la nécessité de conjurer l'orage prêt à éclater , qu'il obtint l'ordre de transférer , dès le jour même , l'infortunée princesse avec ses enfans , à une de ses maisons de plaisance peu éloignée de la grande muraille , et de les y tenir sous bonne garde , jusqu'à la décision de leur sort. Ce qu'il ne fit pas long-tems attendre : car après avoir suborné près de deux cens témoins qui attestèrent les projets séditieux de l'impératrice , il mit leurs dépositions sous les yeux de l'empereur. Ce prince , après les avoir lues , ordonna à *Ki-tsée* de lui apporter , le même jour , la tête de l'impératrice et celles de ses enfans. Le barbare ministre promit à l'empereur , et se chargea lui-même de l'exécution de ses ordres. C'était tout ce qu'il désirait ; il se rendit, à la faveur de la nuit, suivi d'une petite escorte , aux portes du château de l'impératrice ; il s'y trouva seul, la populace avait disparu ; et pour ne pas se tromper au choix de ses victimes, il écrivit à l'impératrice un billet conçu en ces termes.

« Madame, vous n'avez pas un instant à » perdre. Vous savez qu'on vous accuse,

» et que votre perte est résolue ; daignez
» me confier le soin de vos jours, et celui
» de vos enfans. Je vous offre un asyle
» sûr. Laissez-moi calmer les soupçons et
» la colère de l'empereur, je saurai bien
» ensuite appaiser les clameurs du peuple ;
» je réponds de vous sur ma tête. Je suis
» ici sans armes, n'ayez point de défiance :
» si le passé vous inspire quelque doute sur
» ma sincérité, ou que vous regardiez cet
» important secours comme une ruse, j'aurai
» au moins la satisfaction d'avoir entrepris
» une bonne action. Il ne me restera plus
» que les regrets de n'avoir pû vous sauver,
» et qui feront le tourment de ma vie. Cet
» écrit peut me perdre dès demain si vous
» voulez, mais alors je mourrai sans re-
» mords ».

L'impératrice lut ce billet : étonnée, ef-
frayée, ravie tour-à-tour, elle ne balança
point ; et sans tarder davantage, elle fit
éveiller ses enfans, les rassembla à la hâte,
sans bruit, et dans l'obscurité. Eperdue et
troublée par l'excès de sa joie, sans suite
et sans crainte, elle se rendit au pouvoir
de son libérateur. Mais, ô comble de l'horreur ! ce barbare ne la reçut dans ses bras

ꞔue pour la poignarder; il en fit autant de
ses enfans, leur coupa la tête, et s'en fut,
tout couvert de leur sang, en faire hommage
à son maître, sans perdre de tems. Toujours
actif, et toujours de sang-froid, il retourna
à son poste ; il s'y trouva à la pointe du
jour : déja la populace y faisait foule. Il
ordonna à ses gardes de rassembler les cadavres, et de les présenter aux yeux du peuple, avec défense de leur faire aucune insulte,
sous peine de punition, et par ordre de sa
majesté. Il s'occupa ensuite des funérailles,
qui furent faites, comme de coutume, avec
éclat.

Pendant ce tems on s'était saisi des deux
mandarins complices, qui furent livrés aux
insultes publiques, et ensuite aux tourmens
les plus rigoureux : telle fut la fin de ces
innocentes victimes. Je perdis en ce jour,
ma mère, mon frère et mes deux sœurs.
Je formais la cinquième victime qu'on croyait
du nombre ; mais ce fut un autre que moi,
qui, heureusement, ne fut pas reconnu :
voici l'histoire.

Un officier attaché à l'impératrice, serviteur zélé, au fait des brigues et des conspirations, ne pouvait plus croire, par ce qui

s'était passé la veille , que nous pussions
jamais échapper au coup qui nous menaçait.
Ce vertueux serviteur fut le seul qui ne
quitta jamais le parti de l'impératrice ; il
avait tout refusé de l'empereur, pour s'atta-
cher à elle. Marié depuis peu , père d'un
fils à-peu-près de mon âge, et qui me res-
semblait à s'y méprendre , de plus veuf ,
par conséquent maître absolu, il m'échangea
malgré les surveillans. Il profita du trouble
qu'avaient occasionné les cris publics du
jour. L'impératrice ne nous quittait jamais;
mais ce jour-là , occupée de son sort et du
nôtre, elle nous confia à sa garde, comme
la plus fidèle. Ce digne sujet fit amener son
fils, le coucha près de moi, le revêtit à
ma manière , et dans le premier sommeil ,
me prit dans ses bras, et m'emporta hors
du château ; puis il m'embarqua pour sa
province Ce fut là que je fus élevé, ignoré
de toute la terre.

Mais tandis que mon nouveau père s'occupait du soin de me conserver la vie, et
que déjà je fuyais loin de mes bourreaux,
on massacrait son propre fils. Quelle fut sa
surprise, lorsqu'en arrivant à son poste il n'y
trouva plus personne ! Comment se présenter

à l'impératrice . . . . . Quel parti prendre ?
Cependant, égaré, désespéré, il court à
l'appartement de mes sœurs; personne : chez
la reine, ame qui vive : il ne douta plus de
ce qui pouvait être arrivé.

Le billet du ministre, qu'il trouva par
hasard, confirma bientôt son doute : il connaissait trop bien l'esprit et le cœur de ce
monstre, pour le croire capable d'une bonne
action. Il éveille; il questionne, rien ; il veut
fuir, mais il craint; cependant il veut s'assurer, il s'expose aux coups de la garde, la
traverse, il tombe, et se trouve confondu
parmi des cadavres ensanglantés ; c'était le
lieu même où le monstre avait commis son
crime. Il reconnut les victimes, quoique mu-
tilées de toutes parts, et privées de leur chef.
« Ciel ! s'écria-t-il : vengez-nous, vengez la
» terre entière ; exterminez ce barbare assas-
» sin. Ah, malheureuses princesses ! ah,
» princes » !

Comme il proférait ces mots, un soldat
qui avait ordre de le tuer, le reconnut et
lui sauva la vie. « Sauvez-vous, ami, lui dit-
» il, sauvez-vous, vos jours sont en danger,
» fuyez. Qu'ai-je entendu? répondit-il: quoi,
» un ami fidèle dans ce lieu d'horreurs et d'é-

» pouvante ! qui es - tu donc? —Un malheu-
» reux. Fuis, te dis-je, ou nous sommes
» perdus tous .deux : adieu, cache-toi, nous
» nous reverrons ».

L'obscurité favorisa sa fuite. C'était la
sixième heure de la nuit; il se réfugia dans
le plus prochain village, et s'y tint caché
pendant plusieurs jours.

Quand tout fut bien calmé, et que les ré-
jouissances publiques eurent été ordonnées
dans l'empire (car elles furent générales),
mon cher libérateur prépara sa fuite. Il ne
tarda pas à nous rejoindre, il emporta avec
lui tout ce qu'il avait, et cacha si bien sa
marche, qu'on n'eut aucun soupçon sur la
conduite qu'il avait tenue. De retour chez
lui, il évita toute confidence. Son frère même,
entre les mains duquel il m'avait déposé,
ignora toute sa vie mon état et mon nom;
je l'appellai mon oncle tant qu'il vécut :
c'était un bon campagnard, qui n'avait quitté
sa province que pour venir voir son frère;
ensorte qu'il était bien loin de porter aucun
doute sur l'échange de son.neveu, qu'à peine
il avait vu. Il eut pour moi la plus grande
attention. Nous le perdîmes au bout de quelques années, et j'avais alors dix ans.

jusqu'à

Jusqu'à ce tems, rien n'avait encore été fait pour mon éducation. Deux camarades de mon âge formaient toute notre société. Nous passions le tems à jouer et à faire différens exercices ; je savais seulement qu'il fallait adorer le *Tien*, aimer et servir le souverain ; qu'il fallait être juste et bienfaisant : le reste m'était entièrement inconnu.

Aussi-tôt après la mort de mon oncle, mon père commença mon instruction : d'abord il m'apprit à lire et à écrire les caractères modernes avant de passer à l'étude des *King* (*) à laquelle il voulait que je me livrasse sans avoir d'autre maître que lui. Cet homme, déja grand par ses rares vertus, possédait encore les plus vastes connaissances ; il avait fait à sa manière un plan d'éducation, qui, sans être trop vaste ni trop concis, pouvait s'étendre par le seul raisonnement.

Ses premiers élémens commençaient par la législation et le gouvernement de différens états. Le droit public, civil et naturel se trouvaient placés immédiatement aprés.

(*) Les *King* sont les livres fondamentaux de la religion, de la morale, de l'histoire et de l'éducation des Chinois. Ils sont au nombre de cinq.

B

Ensuite venaient, la géographie, un précis
de l'histoire générale, les voyages, les mœurs,
les coutumes, les usages et les différentes
religions, le tout séparément. Il finissait
son cours par le choix des plus beaux pas-
sages des ouvrages de Confucius et des poètes;
enfin par la vie des hommes illustres, par
l'histoire des bons et des mauvais princes,
et par celle des tyrans et des usurpateurs.

Avant de commencer son entreprise, il
m'exerça d'abord en divers genres de raisonnement, et sur toutes sortes de matières Il
s'assura par-là de ma mémoire et de mon jugement : tout en moi se trouvait neuf ; je
n'avais point ces opinions, ces préjugés,
qui toujours embrouillent et retardent les
progrès de l'esprit, et sur-tout d'un esprit
naissant ; car on sait qu'il faut dix ans, et
quelquefois bien davantage, pour détruire
les premières impressions de l'enfance. Ainsi
il n'eut point cela à corriger en moi : mes
réponses et mes questions se trouvèrent toujours justes et non équivoques. Nous jettâmes
d'abord un coup d'œil assez rapide sur la législation, sur le droit et sur le gouvernement :
nous parcourûmes ensuite deux ou trois fois
les grandes annales de notre pays, mais avec

soin et sans interruption. Après vint l'histoire des voisins, mais traitée avec moins d'intérêt et d'application.

Après avoir raisonné sur ces différens ouvrages, nous nous occupâmes essentiellement des coutumes, des mœurs, des usages et des différentes religions. Je ne sais trop pourquoi je montrai toujours plus d'aptitude pour cette sorte d'étude que pour toutes les autres ; en effet j'avais peine à m'imaginer qu'on ne dût pas être par-tout égal et semblable ; et puis j'étais si jeune alors : je comptais à peine douze ans. La lecture des poètes et des orateurs ne fit pas grand effet sur moi. Je m'attachai davantage aux philosophes, aux savans, aux artistes, aux gens à talens : mon projet fut dès-lors de m'en occuper toute ma vie. Mon seul regret était de ne posséder aucun de ces trésors, et je m'en plaignis souvent à mon respectable mentor. Enfin après avoir lu la vie des grands hommes, des bons empereurs et des tyrans, nous revînmes à nos législateurs, et aux élémens de l'histoire. Ces deux objets nous fixèrent par la suite plus particulièrement que les autres ; si bien que le sujet de nos entretiens particuliers, roulait sans cesse sur l'un ou sur l'autre.

Quand mon cher maître vit que j'étais parfaitement instruit des faits les plus inté-ressans de ces importans ouvrages, et que souvent je les citais à propos, il m'exerça ensuite deux ou trois heures par jour, sur les divers calculs, la géométrie, les mathé-matiques, les fortifications, la tactique; et enfin sur les différens exercices militaires (*). J'approchais alors de ma quinzième année, ne connaissant que mon père, menant avec lui une vie frugale et laborieuse. Je n'avais point d'état, je me croyais pauvre, et j'étais loin de soupçonner jamais d'occuper un poste important. Je lui en fis souvent la question; je me permis même de lui témoigner mes regrets de l'impossibilité apparente de pro-fiter jamais des principes et des excellentes leçons qu'il me donnait. Je n'eus d'autre éclaircissement de lui, sinon qu'il était néces-

---

(*) Les Chinois sont peu avancés dans cette par-tie des sciences et des arts, et dans bien d'autres dont je parle: mais qu'on fasse attention que dans le beau délire d'un songe comme le mien, mes idées euro-péennes devaient se confondre bien souvent avec les mœurs chinoises et les usages de cette nation, que mon esprit bisarre m'avait fait adopter pour la mère-patrie.

saire, me disait-il quelquefois, qu'un homme n'ignorât rien ; que par - là il était toujours en garde contre toutes objections ; et qu'enfin cela le mettait à même de juger quelle était la meilleure : que sans cela il devenait incapable d'aucune fonction importante, ou qu'il commettait, en les exerçant, toutes les sottises possibles. « Quant à ton sort, me disait-il » encore, ô mon cher fils ! il n'est pas en- » core décidé : mais sois tranquille, chacun » de nous a sa destinée, attendons tout du » tems. Tu me remercieras un jour d'avoir » su te préparer de bonne heure à supporter » et à parer tous les inconvéniens de la vie. » Ah ! mon fils, mon cher fils ! oui, vous » serez heureux, mais ne me quittez qu'à » ma mort ». Il m'embrassait, il pleurait, et tout finissait là.

Il y avait déjà quelque tems que je lui parlais de voyages, et du plaisir que j'aurais à parcourir le monde. Un jour que nous en parlions, arriva un homme assez mal vêtu, et qui pouvait à peine parler sa langue. Mon père le prit d'abord pour un étranger malheureux, il lui donna l'hospitalité ; mais quelques jours après il le reconnut : c'était ce même soldat qui lui avait sauvé la vie,

et qui avait perdu dans sa prison jusqu'à l'u-
sage de la langue. Qu'on juge s'il fut bien
traité par la suite. Mon père le fit passer
pour un parent qui avait eu des malheurs,
mais qu'il fallait respecter. « Sa misère, me
» disait-il alors, ne vient point de ses vices ;
» aimez-le, mon fils, il nous appartient ».
Je n'en sus pas davantage, et il mourut quelque tems après.

Nous étions alors fort sérieusement occupés de l'étude des voyages, et mon père,
contre l'ordinaire, m'entretenait plus long-
tems sur ce chapitre. Il approuva fort le
goût que je lui avais manifesté à cet égard,
il convint même que les voyages étaient abso-
lument nécessaires aux jeunes gens ; qu'il fallait voir le monde, et que peut-être nous
voyagerions aussi. Qu'on juge de l'excès de
ma joie, quand au bout de quelques jours
j'entendis fixer le tems de notre départ, et
nommer les pays que nous allions parcourir,
Rien jusqu'à ce moment ne m'avait autant
touché ; c'était mon premier désir : voici
donc ce qui détermina mon père à prendre
ce parti.

Ce soldat fidèle, après douze ans de prison,
en fut élargi par la mort du ministre *Ki-tsée*.

Ce monstre avait rempli les prisons pendant
son règne, de tout ce qui lui avait paru
suspect: ce malheureux soldat fut du nombre, pour n'avoir pas obéi aux ordres du
mandarin d'armes. Celui-ci l'ayant déposé,
comme manquant de fidélité, il n'en fallut
pas davantage pour le faire renfermer dans
une étroite prison.

Enfin l'assassin de ma famille entière,
malade et condamné à mort par tous les
médecins, fit demander, avant de mourir,
l'empereur et les principaux ministres et
mandarins ; soit remords, soit faveur du
ciel, il confessa tous ses forfaits.

Il fit mieux ; il les confirma par preuves,
et il avoua qu'il était le premier et le seul
instigateur de tout ce qui s'était passé. Pour
en donner des preuves plus convaincantes,
il fit ouvrir les prisons, il permit aux victimes de sa vengeance, de déposer contre
lui, il dit qu'il s'abandonnait à tout leur
ressentiment ; mais avant tout, il confessa
que les plus grands châtimens n'expieraient
jamais tous ses crimes. Après un tel aveu,
l'empereur fut si confus, si troublé, que la
peur s'empara de ses esprits ; et toujours faible, il crut qu'il n'échapperait jamais au

parti de l'impératrice. On le vit tomber sans connaissance et sans aucun signe de vie : mais à peine eut-il repris ses sens, qu'il se montra furieux, désespéré. Il fit d'abord les reproches les plus durs au vil scélérat qui l'avait si cruellement trompé ; et après avoir demandé pardon au ciel et à son peuple, de s'être confié aux soins de ce malheureux, il le poignarda de sa propre main, aux yeux de toute l'assemblée. Ce prince malheureux ne borna pas là sa vengeance, il ordonna que le cadavre de cet infâme scélérat fût porté à la capitale, et exposé aux yeux du peuple, dans les principales places de la ville. Il s'y rendit lui-même revêtu des habits impériaux, et suivi de toute sa cour. Là, au milieu des mécontens, et dans le lieu le plus élevé de la ville, il fit dresser deux bûchers, l'un pour ce monstre et l'autre pour lui. Ensuite il harangua le peuple, fit amende honorable comme assassin et comme indigne de gouverner, déposa sa couronne et toutes les marques de sa dignité entre les mains du *Pantchan-Lama* (*), qui était alors à Pékin

---

(*) C'est le chef de la religion que professe l'empereur actuel de la Chine ; l'origine de ce Prince est Tartare.

pour une cérémonie religieuse , demanda pardon au *Chang-ti* (*), et monta sur le bûcher.

Comme il donnait ordre d'y mettre le feu, le *Pantchan-Lama* s'y opposa , monta sur le bûcher, et s'écria : » Prince, au nom du *Chang-*
» *ti* suprême , vivez , c'en est assez , le
» *Chang-ti* pardonne ; c'est lui qui m'inspire
» et qui vous parle par ma bouche. Vivez ,
» vivez , et servez à jamais d'exemple à l'uni-
» vers : et vous , en s'adressant au peuple ,
» approuvez les décrets de l'Eternel , qu'on
» y soit soumis «.

Ce seul mot désarma tous les esprits , et ce prince qui , deux minutes auparavant, ne comptait pas un seul ami , fut reconduit avec les plus grandes acclamations , jusqu'à son palais.

Quand le bon ordre fut rétabli ; quand on eut chassé et puni les partisans du ministre , et que l'empereur eut pris en main les rênes du gouvernement , mon père fut sans crainte pour ses jours et sur-tout pour les miens.

(*) C'est le nom que les Chinois donnent à l'Etre-suprême qui gouverne le monde : ils le désignent aussi sous le nom de *Tien.*

Nous marchâmes droit à la capitale, nous y
restâmes inconnus pendant six mois ; mais
au bout de ce tems, mon père, totalement
convaincu des bontés de l'empereur, et de
celles des ministres en place qui l'avaient
connu autrefois, n'hésita plus à se faire connaître. L'empereur, les grands, les mandarins le reçurent avec transport, et bientôt
on lui offrit des places importantes. Il en
accepta une, celle de visiteur-général des
troupes établies sur les frontières, et prêtes à
marcher contre les Tartares qui renouvel-
laient leurs ravages. Il me fit obtenir un mandarinat subalterne qui m'attachait à l'état
militaire. C'était tout ce qu'il désirait, puisque par-là il remplissait ses vues à mon égard.

Nous partîmes quelques jours après, et notre
voyage dura un an tout entier : nous parcourûmes presque toutes les provinces contigues
à la grande muraille, afin de pourvoir à leur
sûreté. Plusieurs mois se passèrent en évo-
lutions, manœuvres, petite guerre ; et il y
eut deux camps d'établis, de cinquante mille
hommes chacun. Mon père étonna tout le
monde, tant par sa dextérité, que par le bon
ordre qui y régna. J'avais seize ans alors,
et je brûlais du désir de sortir d'un camp

pour faire mes premières armes. Plusieurs hordes de Tartares vinrent fort à propos insulter nos gardes avancées. Un petit déta-chement, que je commandais, se trouva dans le canton que menaçaient les ennemis ; je reçus ordre de marcher contre eux, et je le fis avec tant de succès, que le chef des Tar-tares fut pris avec plusieurs étendarts. Cette victoire me valut des éloges et l'estime de tous les officiers.

De retour à la cour, où la réputation de mon père et mes faibles essais avaient déja fait grand bruit, nous fûmes reçus avec de grandes acclamations de joie ; l'empereur voulut me voir, je lui fus présenté pour la première fois dès le lendemain de notre ar-rivée. Son aspect produisit sur moi un effet que je n'avais jamais éprouvé. Je parus troublé et chancelant ; mais il me rassura bientôt, et, en m'embrassant, il me confirma dans le commandement en chef du corps de troupes avec lequel je m'étais signalé, et me donna un mandarinat (*) d'un ordre supé-rieur.

(*) Le titre de mandarin est affecté aux gouverneurs des provinces, des villes, des districts et même des

Mon père fut si touché de me voir dans les bras de l'empereur, qu'il en versa des larmes, dont il eut grand soin de cacher la cause. Mais sans perdre de tems, et après avoir remercié l'empereur et le ministre, il leur demanda congé ; il craignait avec raison que les distinctions marquées, dont l'empereur et les premiers de sa cour nous comblaient depuis notre arrivée, n'eussent des suites dangereuses pour nous, et de peur d'exciter plus long-tems la jalousie si commune parmi les courtisans, il engagea le ministre à nous accorder un congé de deux ans, en cas qu'il n'y eût pas de guerre, sous prétexte, disait-il, de m'instruire et de me faire connaître diverses provinces de Chine ; qu'il était aux ordres du roi par-tout où il se trouverait.

Nous partîmes huit jours après, suivis de deux domestiques seulement; nous voyageâmes toujours incognito, sans luxe, sans faste, sans suite. On nous prit pour de simples

bourgs, et en général à tous les officiers préposés par l'empereur à l'administration, et à la grande police de l'empire.

On distingue deux classes de mandarins, ceux de lettres et ceux d'armes.

curieux, et on n'eut pour nous que les égards ordinaires. Nous parcourûmes d'abord le *Pét-chely*, le *Yun-nan*, le *Ho-nan*, tantôt à cheval, tantôt sur le grand canal. Nous séjournâmes dans les villes principales. Nous visitâmes indistinctement les missionnaires, les *Lamas*, les *Tao-tsée*, les *Bonzes* (*).

La permission que nous avait donnée l'empereur d'étendre notre voyage jusques dans les royaumes voisins, la Tartarie, la Russie, la Crimée, le pays des Zongores, des *Hoei-tsée*, de nous embarquer même *(**)*; cette permission, dis-je, et des passeports qui nous assuraient par-tout contre tous les dangers, contre toutes les difficultés, contribuèrent à rendre notre voyage plus varié et plus instructif. Nous passâmes tout en revue : lois,

---

(*) Les *Lamas*, les *Tao-tsée*, les *Bonzes*, sont trois espèces de prêtres chinois : les deux dernieres sont très-nombreuses, très-redoutées, très-riches, mais peu estimées en Chine par les erreurs qu'elles professent, et la vie licentieuse qu'elles mènent, ou l'austérité bizarre de leur manière de vivre.

(**) Voilà certainement une des grandes erreurs que je puisse commettre dans ma relation ; car la loi expresse du royaume, défend aux Chinois tout voyage hors des limites de l'empire ; mais on sait que l'esprit français rêve en Chine.

coutumes, religion, forces de mer, forces
de terre, négociations, commerce, agriculture, manufactures, dépenses, revenus, etc.
rien ne nous échappait.

Après avoir parcouru la Russie et la Tartarie, nous nous embarquâmes. La mer fut pour
moi un spectacle nouveau. Il y avait au-delà
deux royaumes formidables, et souvent il y
avait guerre entre eux. Mon père crut qu'il était
nécessaire que je susse ce que c'était qu'un combat naval, et nous ne tardâmes pas à en voir.

Nous visitâmes d'abord les ports, les forteresses, les villes, comme ci-devant, avec
les mêmes soins et la même marche.

Quelques querelles sur l'exportation de
diverses marchandises et sur la pêche, allu-
mèrent la guerre parmi ces deux peuples ; bientôt nous vîmes paraître des flottes de toutes
parts. Il y avait une baie où ordinairement on
se disputait l'honneur de la victoire. Le jour
du combat y fut fixé, les flottes se réunirent,
et les deux armées donnèrent le signal de
l'attaque.

Les partisans des deux armées, et les étrangers pouvaient paraître sur les deux bords de
la baie sans aucun danger, et voir les com-
batans. Ces deux rives formaient un amphi-

théâtre, et présentaient le plus bel aspect ; nous nous y plaçâmes avec assez de peine par la grande affluence qui s'y trouvait ; cependant nous fûmes assez heureux pour être à portée de voir les deux armées, et à l'aide d'un télescope, nous les examinâmes en plein.

Chaque flotte était composée de cent cinquante voiles. Mon père eut grand soin de me faire remarquer les différens signaux, les diverses manœuvres. Le combat dura six heures et fut des plus sanglans, la valeur étant égale des deux côtés. La victoire demeura incertaine pendant plus de deux heures. La plupart des vaisseaux étaient démâtés, dispersés, brûlés, ou coulés à fond ; ayant suspendu le carnage, les deux amiraux ou chefs s'abouchèrent, et la paix fut conclue, sans autres formalités, c'était la coutume : leur parole en pareil cas suffisait ; mais ce qui m'étonna le plus pendant et après le combat, ce furent ces différens genres de réjouissance qui commencèrent avec les signaux, et qui ne finirent que le troisième jour. Chacun dans ces sortes d'extravagances, apprenait la perte de son père, de son fils, de son époux, de son frère ou de son ami, et n'en devenait que plus joyeux. Les plus tristes, qui passeraient sans contredit en Europe pour très-gais, étaient ceux qui revoyaient leurs parens, leurs amis, parce qu'alors la plus grande gloire de ces habitans était de perdre la vie, plutôt que de reparaître à demi-vainqueurs. Aussi ne reparut-il après cet échec que le tiers des deux armées. On publia la paix le huitième jour, et chacun se retira chez soi.

Nous profitâmes de ce moment de calme pour sortir de ce pays ; autrement il n'y avait point moyen, sans s'exposer à de très-grands dangers. D'ailleurs notre congé approchait du terme prescrit : nous n'avions plus que cinq mois. Nous fîmes voile vers nos bords bientôt après, et nous arrivâmes à Canton en très-peu de jours. Mon père dépêcha un courier à Péking, pour annoncer notre retour, et pour savoir des nouvelles de l'empereur, et obtenir une prolongation de six mois, sous prétexte que nous avions besoin de repos après les fatigues que nous avions essuyées : elle lui fut accordée sans délai. Nous employâmes ce tems à repasser en paix tout ce que nous avions vu. Mon père voyait très-peu de monde. Il avait ses raisons pour
agir

agir ainsi : on lui avait proposé déja pour moi la fille d'un ancien Tong-ton de Canton ; il craignait qu'on ne m'en parlât, et que je ne me prisse de quelque passion. J'approchais de ma dix-huitième année. Vigoureux, bienfait, de beaux traits ; il n'en fallait pas davantage pour plaire ; et c'était là toute la crainte de mon père ; mais notre congé finit sans qu'il se passât rien qui pût l'inquiéter, et nous nous rendîmes à la cour.

Mon père ne tarda pas à la quitter pour se mettre à la tête d'une armée qu'on rassemblait avec activité pour reprendre deux provinces voisines de la Tartarie, que les gouverneurs avaient livrées aux Tartares, et dans laquelle ils avaient introduits plusieurs corps de troupes nombreux, à la tête desquels ils réduisaient le peu de villes qui refusaient de se soumettre, et ravageaient les campagnes. Je le suivis à la tête de la division dont j'avais le commandement, et qui forma l'avant-garde.

Mon père avait divisé son armée en trois corps ; deux de quinze mille hommes, formant les deux ailes, et l'autre de trente mille, formant le quartier-général et le centre. Les trois premiers mois se passèrent sans former

C

aucune attaque ; mais aussi-tôt que mon
père eût pris connaissance des lieux , et qu'il
eût raisonné et muri son plan , nous marchâmes droit à l'ennemi. Nous prîmes d'as-
saut , en un seul mois , plusieurs villes et
forteresses , sans beaucoup de peine. Il semblait déja que la victoire volait au-devant de
nous. Le quatrième mois n'était pas encore
révolu , que nous étions les maîtres des deux
tiers du pays. Nous étions à treize milles de
la capitale. Cette ville , bien fortifiée , pu-
celle encore , et renfermant cinquante mille
ames , sans compter sa garnison , fut soumise
le dixième jour de tranchée.

Une grande partie de l'armée ennemie ,
ayant mieux aimé prendre la fuite et abandonner la ville, que de se rendre prisonnière ,
le général en conçut quelque crainte sur sa
position présente. Mais afin de prévenir tous
les revers , il dépêcha un courier au ministre,
pour lui demander cinquante mille hommes
de renfort , tant pour renouveller son armée
que pour garder les villes conquises. Ses
ordres furent exécutés. Les généraux ennemis avaient déja rallié leurs troupes , et marchaient contre nous avec une armée formi-
dable. Nous en fûmes heureusement avertis ,

et nous allâmes à leur rencontre. Les deux armées ne tardèrent pas à être en présence, et l'on se prépara au combat.

L'armée des rebelles était composée de cent vingt mille hommes ; et la nôtre de soi-xante-dix mille seulement. Quoiqu'inférieurs en nombre, nous engageâmes le combat. Mon père avait formé son armée de deux ailes parallèles, et d'un centre. Les plus fortes batteries (*) étaient masquées par les deux ailes, et dans des retranchemens qui faisaient face à l'armée ennemie dans toute son étendue. C'est ainsi qu'il laissa former les premières attaques.

Les ennemis firent feu de toutes parts, et ne tardèrent pas à culbuter notre avant-garde. Ils crurent alors pouvoir attaquer le centre avec le même succès. Et, en effet, ils don-nèrent sur nous avec tant d'impétuosité, qu'ils nous forcèrent, comme nous le désirions, à une marche rétrograde. Animés par cette fuite simulée, nous les amenâmes bientôt à la portée de nos batteries. Mon père alors à

(*) On sait que les Chinois ont connu et employé l'artillerie dans un tems où l'Europe était encore à demi barbare.

C 2

la tête de son artillerie , renversa à son tour
tout ce qui se présenta. Son feu fut si bien
dirigé , qu'il détruisit les trois quarts de l'armée ennemie , dans l'espace de six heures ;
mais voulant remporter une victoire complette , il détacha vingt mille hommes de
cavalerie , qui , donnant sur les ennemis à
armes blanches , taillièrent en pièce le reste
de l'armée. Rien n'y fut épargné , excepté
les deux gouverneurs rebelles qui furent heureusement reconnus , et que l'on envoya à
l'empereur.

Après une si belle journée , on juge bien
qu'il ne fut pas difficile de réduire le reste
du pays, et d'en chasser les Tartares. Il ne
fallut que se présenter ; aussi la conquête
étant générale , mon père ne songea plus
qu'à fortifier les villes , à y établir nos lois,
de nouveaux gouverneurs , et à se rendre à
la cour. Il y fut suivi des principaux officiers de son armée , qui tous partagèrent les
honneurs de la guerre ; chacun d'eux reçut
des récompenses et de nouveaux grades , suivant leur mérite et leur service. Mon père ne
voulut rien accepter. Cependant l'empereur le
força de reprendre le titre de *Tong-ton* (ou
gouverneur général en qualité de vice-roi)

des états reconquis , qu'il accepta pour l'honneur seulement. Pour moi , il ne souffrit
point qu'on changeât mes grades , et il le
demanda comme une faveur. Nous passâmes
ainsi notre quartier d'hiver , moitié à la capitale , et moitié à la cour.

Ce qui flattait le plus mon père , c'étaient
les caresses que je recevais de l'empereur : il
est vrai qu'il m'embrassait souvent , et qu'il
lui échappait quelquefois de m'appeller son
fils. Cependant tout cela ne porta point mon
père à dévoiler son secret. Il craignit que
ces trop grandes faveurs , et ses succès , sur-
tout ne fissent naître quelques doutes sur les
preuves qu'il pouvait donner ; et il eut le
courage de se taire.

Au printems suivant , il fallut recommen-
cer la guerre , les Tartares étaient rentrés
dans les provinces , et y portaient le fer et la
flamme. Mon père usant de son activité ordinaire , reparut avec ses troupes , et les Tartares furent battus et mis en déroute. Il ne
crut pas devoir poursuivre l'ennemi , espé-
rant de voir bientôt leurs députés venir demander la paix ; il se trompa , car dès le
lendemain , à la petite pointe du jour , nous
vîmes fondre dans notre camp plusieurs ba-

taillons ennemis, qui, la flamme à la main,
embrasèrent nos tentes. L'alarme fut générale. Nous nous mîmes en défense, mais
envain, rien n'était disposé. Le gros de l'armée tomba sur nous, et nous fûmes pendant
quelques heures incertains du succès de cette
journée, qui fut des plus sanglantes ; la con-
fusion qui régnait par-tout, empêchait de donner les ordres, ou d'exécuter ceux qui avaient
été donnés ; mais la discipline sévère (a)
établie parmi les différens corps de notre
armée, l'union et la valeur des chefs et des
soldats remédièrent au désavantage de notre
position ; l'armée ennemie paraissait ne s'at-
tacher qu'au pillage, ce qui rendit sa défaite,
et plus prompte et plus complette. Il est
inutile de peindre le carnage affreux que nous
en fîmes. Il suffit de dire que la plupart des
généraux furent pris ou tués : qu'il n'échappa
des Tartares que ce qu'il fallait pour faire
à leurs compatriotes le récit de notre victoire. Et mon père, après avoir rédigé les
conditions du traité avec le *Kan*, et fortifié

(a) Grace à mon rêve, je donne une belle idée
de la discipline des Chinois, qui, dans la vérité du
fait, la connaissent assez bien, mais la pratiquent mal.

les villes de la frontière, revint à la Cour
recevoir tous les honneurs qui étaient dus à sa
valeur, et que je partageai, comme ayant
contribué à la prise des deux chefs ennemis,
et de tous leurs étendarts.

Nous fûmes portés sur un char de triomphe à la capitale, où les honneurs furent multipliés en tout genre. Nous n'en sortîmes que
le huitième jour. Quand tout fut fini, je
reçus encore une leçon de mon respectable
père sur tout ce qui s'était passé. Mais forcés
de voir le monde par la suite, nos entretiens devinrent moins familiers, et je m'é-
garai bientôt. C'était à qui nous aurait dans
les grandes sociétés. J'étais général, et fils
d'un grand général, grand, bienfait et vigoureux; je plus sans le savoir. On fit plus;
on m'en fit confidence. J'avais vingt-un ans
alors, et j'ignorais encore le pouvoir de l'a-
mour.

Mais une princesse remplie d'appas me le
fit bientôt connaître, et j'apportai, dès ce moment, moins d'attention aux leçons de mon
père. Il s'en apperçut bientôt, mais en homme
sage, il ne m'en dit rien, de peur de brus-
quer trop vîte une passion naissante, qui souvent occasionne dans les jeunes gens le plus

grand désordre. Il voulut attendre l'événement ;
je ne tardai pas non plus à le satisfaire, et
je lui avouai tout. « Je suis étonné, me
» dit-il alors, que vous ne m'ayez point
» fait plutôt part d'un objet de cette impor-
» tance. Si vous saviez, ô mon fils ! combien
» j'ai souffert depuis que je vous ai vu in-
» quiet, rêveur. O mon cher fils ! ne suis-je
» plus votre père ! m'avez-vous ôtez votre
» confiance ; et il fondait en larmes ; « Voyez,
» me disait-il ensuite, à quoi vous vous ex-
» posez, et quels coups il vous faut parer.
» Vous êtes perdu, mon fils, si vous n'étouf-
» fez cette passion naissante. Ou, si vous
» l'aimez mieux, ajouta-t-il, préparez-vous
» à tous les revers d'une cour intrigante.
» Commencez donc par oublier votre gloire
» passée, et attendez les affronts et le mépris
» qui viendront en foule fondre sur votre
» tête. Si vous saviez, oh mon fils ! croyez-
» moi, suivez mes conseils. Sachez, me dit-
» il encore, en me tenant dans ses bras, qu'un
» simple général comme vous ne peut aspi-
» rer sans crime à la main d'une princesse
» royale ; que de s'en croire aimé, ou de
» prétendre être son amant, devient encore
» mille fois plus dangereux. Mais non ; si

» vous m'en croyez , mon fils , éloignons-
» nous , ne voyons plus la princesse ; par-là ,
» nous éviterons vos malheurs et les miens ,
» croyez-moi, partons «.

Je consentis à tout , en l'embrassant , et dès
le lendemain , nous quittâmes la cour. Mais
nous ne fumes pas long-tems sans y reparaître. A peine avions-nous repris dans notre
solitude le cours de nos occupations ordinaires , qu'un courier nous apporta la nouvelle que l'empereur était dangereusement malade , et que la princesse était aussi incom-
modée depuis quelques jours. Un billet du
ministre nous enjoignit de partir sur le champ,
que l'empereur le voulait. Nous arrivâmes
bientôt , mais trop tard , suivant les médecins. Le malheureux prince était dans un
délire continuel , et on le regardait comme
mort ; mon père seul le rappella à la vie.

L'empereur faible , comme je l'ai déja dit ,
était si sensible aux malheurs qu'il avait causé ,
qu'il n'y avait point de jours ou il ne crut
revoir sa femme et ses enfans. Il semblait
que c'étaient autant de furies attachées à ses
pas. Toutes ses frayeurs , en effet, peignaient
le remord et le désespoir. C'était là toute
sa maladie ; mais les médecins croyaient au-

trement. Mon père se renferma seul avec
lui, et lui interdit toute communication avec
les gens de l'art. Il ne permit qu'au ministre seul, et à son fils, de le voir quelquefois.
Ses ordres furent suivis ponctuellement, et
dès le second jour, il assura qu'il répondait des jours du prince. Il était parvenu à
calmer son délire et à lui rendre l'usage de
tous ses sens. Mais ce qui étonna davantage, c'est que l'empereur reparut en public
le huitième jour. Mon père fut encore, comme
de coutume, comblé d'honneur. Les acclamations recommencèrent. On fit plus, on lui
érigea une statue dans la plus belle place de
la capitale, avec tous les attributs qui pouvaient caractériser les services qu'il avait
rendus à l'état. Il y eut des jeux, des fêtes,
le jour de l'inauguration qui se fit en cérémonie.

Mais rien de tout cela ne pouvait beaucoup flatter mon père : son but n'était pas
rempli à mon égard, et sa position pour y
parvenir, était des plus embarassante : il en
vint cependant à bout, et voici comment.

Quoique la santé de l'empereur parût totalement rétablie, il lui échappait de tems en
tems de nommer ses enfans, de déplorer leur

sort , de faire des imprécations contre le
ministre , auteur des crimes qu'il avait commis. Comme il m'embrassait souvent , et qu'il
prenait plaisir à m'appeller son fils , mon
père profita de cet accès de tendresse , et pour
ne pas hasarder le succès d'une entreprise
aussi importante , il se fit seconder par le
ministre , à qui il avait confié d'avance le
secret de ma naissance ; et un jour que l'empereur répétait , comme à l'ordinaire , une de
ces scènes attendrissantes , je vis tomber à
nos pieds , mon père et le ministre , qui , embrassant nos genoux et les yeux baignés de
larmes , s'écrièrent ; *il est votre fils , votre*
propre fils : reconnaissez votre sang à ces
doux épanchemens , et laissez agir la nature.
A ces mots , interdits l'un et l'autre , troublés ,
nous perdîmes connaissance. Jamais la nature ne fit mieux sentir son puissant empire.

Cette scène attendrissante se passa en présence des principaux de la cour. Mais pour
mieux les convaincre , mon père leur présenta le billet que l'infâme ministre avait écrit
à ma mère le jour de son assassinat ; il ra-
conta ensuite ce qu'il avait fait pour me sauver la vie , la marche qu'il avait tenue et le
secret inviolable qu'il avait su garder jusqu'a-

lors. Voyez , leur dit-il ensuite, en leur pré-
sentant un tableau que tenait le ministre ,
et où toute ma famille était réprésentée , com-
parez et jugez, voilà mes témoins. Ce tableau
en effet écarta tous soupçons et termina cette
grande affaire. L'impératrice, avant ses derniers
malheurs, s'était fait peindre, par un habile
artiste , entourée de ses enfans et aux genoux
de son mari , dans l'attitude d'une suppliante
éplorée et désespérée. L'empereur y était re-
présenté avec tout le caractère qu'il avait alors,
dur, inflexible , menaçant , etc. Enfin , les
ressemblances étaient telles qu'il était impossible de s'y méprendre , de manière que mes
traits , quoique très - disproportionnés , se
retrouvaient encore à la première vue. Comme
je ressemblais d'ailleurs à l'impératrice, trait
pour trait , cette régularité l'emporta et confirma le mystère.

On assembla ensuite tous les membres des différens tribunaux , les régulos et les grands mandarins, et je fus reconnu unanimement pour le
fils de l'empereur et l'héritier de sa couronne.
Il y eut même plus : l'empereur ne pouvant
contenir plus long-tems l'excès de sa joie,
voulut abdiquer en ma faveur, et sur l'heure,

afin d'écarter tout soupçon. Peu s'en fallut,
qu'on ne me forçât d'accepter. Le ministre
et mon père même (que j'appellai toujours
de ce nom) se trouvaient aussi gagnés ,
sa fermeté, pour la première fois, l'avait
abandonné , et seul je m'y opposai. *Attendez,
m'écriai-je alors, ô citoyens ! ô mes frères !
ô mes amis ! suspendez vos bontés. Laissez-
vous toucher, et ménagez la faiblesse de
l'empereur, faites que je me rende digne,
et de lui et de vous, etc.* A ces mots, tout
cessa, et chacun se retira.

On se doute bien que , malgré cet enthousiasme , il dut y avoir quelques méconten-
temens , et même quelques brigues , mais
elles furent de courte durée.Les plus opiniâtres
furent celles du premier prince du sang , qui
en effet aurait eu des prétentions bien fon-
dées sans cet événement , et dont le mariage
était arrêté depuis quelque tems avec la princesse royale. On ne put guère le convaincre qu'après l'avoir vaincu, et cela ne fut
pas long. Il déclara la guerre sur ses préten-
dus droits, il chercha des secours chez l'é-
tranger et se mit en campagne, mais je l'ar-
rêtai bientôt. Comme la cause n'était per-
sonnelle, on me permit de commander ; et,

dès la première affaire , il fut fait mon pri-
sonni er.

Enfin, détrompé et convaincu , toutes les
querelles se terminèrent ; et après l'avoir revêtu des premières charges de l'empire , il me
donna sans cesse des preuves de son zèle et
de son dévouement au service de l'état, et
contribua à raffermir cette puissance qui rendit l'empire redoutable aux Tartares et aux
nations jalouses de son accroissement.

Cette union , je dois l'avouer, fut l'époque d'une paix qui devint universelle , et qui
dura dix ans sans interruption. Mais revenons
à ma princesse. Sa maladie qu'avait occa-
sionnée mon départ, ne dura pas long-tems
après mon retour , et on la vit bientôt reparaître avec tous ses charmes. Comme mon
père en arrivant avait porté tous ses soins
du côté de l'empereur, j'eus la liberté de revoir la princesse, et de lui rendre quelques
visites à l'inçu de l'empereur, il n'en fallut
pas davantage pour opérer sa guérison ; mais
quelle fut sa joie, quand elle apprit que j'étais
le fils de l'empereur , et que rien désormais ne
pouvait s'opposer à notre union. Car on s'imagine bien que nous nous étions déja fait comme
font les amans des protestations, des sermens

d'être à jamais unis l'un à l'autre, que rien ne pourrait nous séparer. Deux cœurs qui s'aiment connaissent peu les distances.

Nous en étions là. Je la revis de nouveau, mais non comme auparavant; c'était avec une pleine liberté. Nous nous jurâmes même amour, mêmes desirs, etc. Mon père qui jusqu'alors n'avait pu approuver notre passion, consentit bientôt à notre union; il fut le premier à en parler à l'empereur, qui l'approuva, et toute la cour applaudit à mon choix. La princesse joignait à la beauté, l'esprit, les graces, les talens. Elle était adorée universellement. Comme on savait qu'il n'y avait rien à craindre de la part de l'étranger, et qu'il n'y avait, ni secours, ni appui à briguer, et qu'en conséquence, notre union convenait à tous égards, notre mariage se fit bientôt et comme je le desirais.

J'obtins de l'empereur et des grands de l'empire, qu'il se ferait sans éclat et sans pompe : mon seul desir étant de posséder la princesse, et d'exempter le peuple des dépenses anonymes qu'occasionnent les fêtes données à l'occasion de ce mariage. Cette première action de simplicité et d'économie montra que mes intentions étaient de réta-

blir le bon ordre dans les affaires de l'état;
les dernières guerres avaient épuisé le trésor
impérial. Je calculai alors ce qu'auraient pu
coûter les fêtes de mon mariage, je demandai ensuite qu'on m'en apportât les sommes
prises dans les différens états telles qu'on les
eût données, si j'eusse accepté les honneurs
qu'on voulait me faire. Toutes ces clauses
furent reçues unanimement, et cet argnt servit
bientôt à libérer les dettes des plus pressés,
et à secourir quelques provinces désolées ou
ruinées, tant par les dernières guerres que
par d'autres fléaux semblables, comme épidé-
mies, inondations, tremblemens de terre.

Ce premier trait me gagna tous les cœurs,
et m'obtint la plus haute considération. On
me donna dès-lors le surnom *du plus-sage*.
En effet, on ne pouvait guère concevoir
qu'un prince, si jeune encore, voulut s'occuper des malheurs dans un moment où les plaisirs et les honneurs se présentaient à lui de
toutes parts. Mon père et le ministre furent
si émerveillés de ma conduite, qu'ils crurent devoir me consulter par la suite sur les
détails les plus importans de l'administration ;
ils m'admirent à leur conseil. Une fois admis parmi eux, je les étonnai bien davantage,

tagë , lorsqu'ils s'apperçurent que rien no m'était étranger ; que je raisonnais bien sur tout, et que tous mes avis ne tendaient qu'au bien général. La dette de l'état, comme je l'ai déja dit, était considérable , et on ne pouvait la liquider que par une économie stricte ou par une ample réforme. J'osai tenter l'un et l'autre de ces moyens ; on daigna m'entendre et me seconder , et en moins de six ans, tout fut réparé. Il y eut, comme on doit le supposer, quelques mécontens ; mais ce ne fut que de ces mécontens intéressés au mal général , de ces gens qui ne voyent faire du bien à leurs égaux qu'avec peine ; de tels personnages peuvent-ils être à plaindre? J'eus seulement soin d'éviter toutes plaintes légitimes , et mon opération ne fit pas de malheureux , seul moyen de réussir.

Quand ce plan d'administration fut établi, quand tout se présenta dans le meilleur ordre possible , l'empereur voulut encore , pour la seconde fois, abdiquer la couronne ; mais rien ne put m'obliger à l'accepter , mes raisons furent les mêmes que la première fois, et on ne m'en parla plus.

Sur ces entrefaites la princesse mon épouse accoucha d'un fils , et cet événement redou-

D

bla l'allégresse publique. Je permis les fêtes
et les jeux accoutumés , avec la seule condition qu'ils n'excéderaient pas la dépense et
la durée de tems, que je fixai moi-même à
un jour seulement, par chaque province ; ce
qui était d'autant plus nécessaire , que la coutume, dans ce pays , à pareil événement ,
était de passer plusieurs mois en fêtes et
en jeux plus ou moins dispendieux. Selon
les dispositions et l'enthousiasme du peuple , ce qui diminuait et arrêtait le progrès des arts , des travaux agraires et des
manufactures.

L'empereur, à qui la naissance de mon
fils avait occasionné une espèce de délire,
(plus faible que jamais), avait repris ses
sens, et la santé de la princesse commençait
à se rétablir. Au bout de quelques mois ,
et vers le milieu de la belle saison , je demandai à l'empereur la permission de voya-
ger avec elle, seul et sans suite, dans l'en-
ceinte de l'empire seulement. Je l'obtins,
non , sans quelques peines , car il semblait
que l'empereur ne pouvait plus vivre sans
nous ; mais sa consolation était de pouvoir ,
nous disait-il alors , embrasser son petit fils
pendant notre absence , et à toutes les heures

du jour. Nous quittâmes la cour dès le lende-
demain, en laissant mon pere et le ministre chargés de l'administration. On suspendit
seulement jusqu'à notre retour toutes les
affaires majeures.

Notre voyage dura six mois, l'incognito que
je gardai m'épargna tous les honneurs, toutes
les fêtes et les cérémonies dispendieuses que
mon nom et mon rang eussent occasionnés. Mon
plus grand plaisir et ma seule ambition étaient
de pouvoir m'entretenir, sans être connu, avec
tous les chefs et particuliers des différens
ordres et états ; et afin de m'assurer mieux, et
pour ne pas confondre un jour leurs différens
rapports, j'eus soin d'écrire moi-même, suivant mes questions, leurs diverses réponses ;
marche nécessaire pour arriver à un grand
tout ; et on verra par la suite quel parti j'en
tirai.

Je visitai d'abord tous les différens tribunaux
de justice, toutes les différentes sectes de religion, *les miao* des bonzes, des *tao·sée*, les
monastères des missionnaires européens, et
ensuite j'assistai tour-à-tour à leurs différentes
assemblées, observant leurs cérémonies,
leurs usages, leurs coutumes, etc. Je vis tout
ce qu'il me fut possible de voir ; on pense

bien que je n'oubliai pas les plus malheureuses classes de citoyens ; celles des artistes , marchands , ouvriers , mercénaires. Tout me parut de mon ressort ; et souvent, ou plutôt chaque jour, je passais deux à trois heures avec quelqu'un de ces malheureux , soit à la ville, soit au village , et toujours avec la même marche., écrivant sur toutes les matières de leur compétence.

Ce ne fut qu'à regret que je me vis forcé d'abandonner mes observations , mon dessein était de les pousser encore ; mais la mort inattendue de l'empereur en arrêta bientôt le cours, et je fus long-tems sans pouvoir jouir des mêmes avantages. De retour à la cour, et après avoir donné des larmes à mon père , il ne me restait plus que les regrets de n'avoir pu recevoir ses derniers embrassémens. Je m'étais reproché sa mort dans les premiers momens, mais j'avais tort , sa maladie avait été subite et inattendue comme sa mort : je tâchai d'oublier ses malheurs , pour ne m'occuper que du bonheur de mes sujets. J'avais vingt-cinq ans quand je commençai à régner seul. Je fus couronné comme de coutume, après l'anniversaire de mon avénement au trône , dans ma vingt-septième année. Ce ne fut qu'à cette époque que je me permis de commander en maître. L'im-

pératrice, mon père et le *Pan-tchan-lama*,
formaient tout mon conseil; et tant qu'ils
vécurent je n'en eus point d'autre.

On s'étonnera peut-être qu'une femme devînt
par la suite mon premier conseil; mais les
femmes sont ce qu'on les fait, et quand elles
sont bien organisées, elles sont propres aux
grandes choses; c'est ce qu'on verra par la
suite.

Mes premières opérations furent de remédier au plutôt aux abus qui s'étaient glissés
depuis des siècles dans l'administration des
finances. Pour y réussir complettement, j'assemblai, à plusieurs reprises, les mandarins
de ce tribunal : j'exigeai d'eux une déclaration formelle des revenus annuels de l'état ;
des frais de perception, du nombre des employés, et enfin de ce qui entrait dans la caisse
impériale. Cet objet m'occupa deux ans entiers,
et après avoir consulté les personnes les plus
instruites dans cette partie, je changeai toute
la forme de l'ancien plan, dans lequel il entrait,
comme par-tout ailleurs, des inspecteurs, des
receveurs, des intendans, des trésoriers, des
fermiers, sous-fermiers, directeurs, banquiers,
tous usuriers et millionaires. J'exigeai d'eux
un compte exact de leur fortune présente, et

de ce qu'ils avaient en entrant en place ; je
leur ordonnai d'en faire le parallele eux-mêmes
et de m'en apporter le tableau. Il résulta de
l'examen que cela me mit à même de faire,
que dix ans de service dans les premières places avaient produit des millions de revenu à
chacun d'eux ; que les plus belles maisons de
ville et de campagne leur appartenaient, et
que sans compter des mobiliers immenses, des
suites nombreuses d'esclaves, des équipages
magnifiques, ils avaient encore des sommes
immenses en caisse. En remontant ensuite à
l'origine de chaque particulier qui avait occupé
ces places tour-à-tour, depuis un siècle seulement, je trouvai que les mêmes fortunes avaient
été à peu-près égales, et qu'en conséquence,
ils avaient emporté les trois quarts des revenus
de l'état. Le compte que je me fis rendre, et
l'extrait de mes voyages dans les différentes
provinces du royaume, prouvèrent que les
revenus de l'état passaient trois milliards, et
qu'il ne rentrait au plus dans la caisse impériale que sept à huit cent millions ; et ce qui est
encore plus surprenant, c'est que ce taux
n'avait point varié depuis l'époque ci-dessus,
quoique les revenus de l'état eussent augmenté
d'un tiers. Enfin après avoir découvert évidem-

ment la fraude, le vice et l'abus de cette administration, je m'occupai non-seulement de son
extinction totale, mais aussi du changement
des taxes et de la manière de les percevoir.

Mon peuple payait divers impôts en cent
façons différentes. Je commençai par res-
treindre tous ces moyens à un seul ; un cadas-
tre des fonds de propriété, joint à une liste
générale des divers produits, me suffit pour
cette opération ; et de trois milliards deux cent
mille livres d'impôts et revenus, dont j'aurais
pu jouir par ce calcul, et disposer à volonté,
je réduisis la somme à deux milliards juste.
Un milliard deux cent mille livres de rabais
sur les impôts seulement, fut le premier soulagement que je fis éprouver à mon peuple.

Toutes mes provinces devinrent égales à cette
époque. Droits, franchises, octrois, aides,
gabelles, traites, tout fut aboli. Cinq cent
millions par an pendant six ans suffirent pour
rembourser le fond des charges supprimées
et pour récompenser les personnes comprises
dans la réforme. Quatre cens autres millions
furent employés pendant le même tems pour
liquider d'anciennes dettes de l'état, contrac-
tées dans des tems malheureux, soit par le
manque de fonds ou par la malversation des gens

en place. Cent millions furent plus que suffisans pour payer largement les nouveaux
employés à la recette de ce nouvel impôt ; et
malgré cette magnificence qui étonna tous les
esprits, il restait encore un milliard dans mes
coffres, dont je pouvais disposer à volonté, sans
lézer mes sujets : voici l'ordre que j'établis
dans la création du nouvel impôt.

Je créai deux classes séparées. Chaque particulier, propriétaire de fonds, formait la
première et était fixé à payer une somme
proportionnée aux différens rapports de leurs
terres. La seconde classe renfermait une taxe
fixe sur les divers produits ou gains d'un
commerçant, d'un marchand et d'un artiste.
Les droits précédemment mis sur les mercenaires et les ouvriers furent abolis à perpétuité :
maintenant voici l'ordre de la perception.

Mon empire fut divisé en vingt-quatre
provinces, chacune d'elles eut ses généralités
et ses élections. Dans chaque ville d'élection
résidait un trésorier, et rien de plus. Les
deniers du ressort de chacun étaient perçus
par des inspecteurs ambulans, qui résidaient
d'ordinaire dans les bourgs ou villes du même
ressort. Chaque inspecteur avait sous ses
ordres six commis ambulans pour faire les

récollemens de dix ou douze villages et hameaux. Les deniers se percevaient tous les six mois, et étaient versés dans la caisse du receveur-trésorier de l'élection, qui successivement les déposait au trésor de sa généralité, pour être, dans le même ordre, déposés au trésor impérial. Cette marche fut suivie sans altération tout le tems de mon règne.

On peut m'objecter des *cependant*, des *comment*, des *rien moins que tout cela*, et même des *impossible* ; mais je réponds qu'il ne fallut qu'une bonne discipline, et payer les employés à l'année avec des appointemens capables de les enrichir, pas davantage : voilà ma réponse aux *mais*, aux *comment*, etc.

Après avoir déchargé mes provinces d'une moitié des impôts, comme il est facile d'en juger ; après les avoir affranchies du joug de tous ces petits tyrans qui les gouvernaient en despotes, avant l'établissement que je venais de faire ; on peut bien s'imaginer que je n'en restai pas là pour les rendre plus que jamais fertiles et heureuses.

Chaque année, à une époque fixe, on avait coutume de lever, dans l'étendue de l'empire, cent-mille hommes de milice, dont cinquante mille, tous gens d'élite, marchaient sous les drapeaux dans la même année, et servaient à renouveller les différens corps de troupes. Les cinquante autres mille, restaient à leurs travaux, et ne devaient marcher qu'en tems de guerre.

Je n'ai pas besoin de dire combien de craintes, d'inquiétudes, de regrets, d'ennuis, cette barbarie cause aux malheureux campagnards; tout le monde doit le savoir. J'attendis cette époque avec impatience, et quoiqu'elle ne fut pas éloignée, je crus devoir annoncer d'avance qu'à pareil jour, j'en interdirais l'usage pour toujours, et qu'il serait également permis à tous soldats tombés au sort et incorporés dans les différens corps de reprendre leur liberté. Pendant ce tems je changeai tous les statuts militaires. Je les réduisis à quatre principaux, que je publiai le même jour. Les deux premiers statuts comportaient les divers droits, grades, engagemens, libertés, services, récompenses etc. Le troisième, les manœuvres, la discipline, les punitions; le quatrième, la paye, les habillemens, les munitions, les logemens, etc. Mon empire entretenait sur pied huit cent mille hommes, dont cinq cent mille d'infanterie, et trois cent mille de cavalerie. Je les réduisis à six cent mille, quatre cent d'infanterie, et deux cent de cavalerie. On s'imagine peut-être que je dus être longtems à remplacer les cinq cent mille hommes qui se trouvaient libres le jour de cette publication ; mais point du tout. Quoiqu'il fut dit et défendu par la nouvelle ordonnance ; 1°. qu'à compter dudit jour on n'enrôlerait plus aucun sujet, sinon de sa bonne volonté ; 2°. qu'on ne recevrait qui que ce soit au-dessous de dix-huit ans, ni au-dessus de trente-six. ; 3°. qu'on ne pouvait être reçu quant à la taille au-dessous de cinq pieds et demi, ni passé cinq pieds dix pouces , et sur-tout à moins d'être d'une bonne complexion ; 4°. qu'on pouvait compter sur la liberté au bout de dix ans , cinq ans pour ceux à qui l'état déplaîrait ; 5°. la perspective de parvenir aux premières places suivant le mérite et la capacité de chacun, ce fut l'affaire de huit jours , et mon objet fut rempli.

Le soldat , avant cette ordonnance , ne s'avançait que très-difficilement ; il ne parvenait seulement qu'aux simples grades de sous-lieutenant et de lieutenant ; mais mon réglement leur permettait d'aspirer, non-seulement aux premiers grades, mais aussi aux premiers titres ; sa paye fut non-seulement triplée, mais il avait encore l'espérance d'une honnête pension au bout de vingt ans de service, ou même en cas d'accident. Aussi parmi les trois cent mille hommes d'élite et de bonne volonté sur les cinq cent mille qui se trouvaient de réforme à cette époque complettèrent d'emblée les six cent mille hommes, nombre auquel je m'étais restreint : c'était à qui resterait et jamais on ne mit tant de chaleur à prouver son zèle et sa valeur. Chaque officier et chaque soldat, à l'envi l'un de l'autre, fit valoir ses droits et ses titres ; et si bien que pour appaiser cette ardeur sans exemple, je fus obligé de pensionner, non-seulement ceux qui se trouveraient dans le cas d'être enrégimentés jusqu'à ce qu'il y eût moyen de les recevoir, mais encore ceux qui ne pourraient y prétendre par la nouvelle ordonnance. Cent millions furent plus que suffisans pour l'entretien de ce nouvel établissement. Le surplus fut un argent sacré, qui, déposé dans une caisse particulière, ne pouvait servir qu'en tems de guerre, ou dans d'autres événemens militaires : grande ressource pour ces sortes de cas.

Mais tandis que je m'occupais de donner deux exemples mémorables à l'univers, l'im-

pératrice de son côté éclata par un troisième;
Ses voyages l'avaient mise à portée de connaître
les misères humaines et sur-tout celles des classes
inférieures. Ce fut son occupation pendant
son voyage. Dans toutes les villes, bourgs
et villages du royaume, les villes capitales
exceptées, il n'existait aucun établissement
pour les pauvres ; et ce qui se trouvait dans
les villes capitales suffisait à peine pour y
contenir la millième partie des infortunés. Il
y avait tout au plus quatre à cinq hôpitaux,
autant de maisons d'hospice, et des maisons
d'instruction. L'impératrice avait eu soin de
remarquer qu'il suffisait d'entrer dans ces
hôpitaux pour y mourir, faute de soins ; de
demander du secours dans ces maisons d'hospice pour y être maltraité, et de confier des
enfans aux professeurs instituteurs pour ne
rien savoir. Voici ce qu'elle proposa en plein
conseil, pour remédier à ces abus, et ce qui
fut adopté sur le champ. 1°. Qu'il était nécessaire d'établir, non-seulement dans les villes,
mais aussi dans les villages, des hôpitaux,
des hospices et des maisons d'instruction.
2°. Qu'on y recevrait les vieillards, les infirmes,
et les enfans de toutes les classes indigentes,

étrangers ou regnicoles. 3º. Qu'on y serait
nourri, vêtu, soigné, instruit, dans le meilleur ordre possible. 4º. Qu'on y fixerait à
demeure et à gages, pour chaque maison, des
médecins, des chirurgiens, des accoucheurs,
des sages-femmes, des gardes, des visiteurs,
des inspecteurs, des valets, etc. 5º. Que les
différens maîtres d'instruction seraient sur le
même pied que les précédens, et susceptibles
comme eux d'être inspectés, cassés ou punis
en cas de maladresse ou de malversation.
6º. Que les vieillards et les infirmes finiraient
leurs jours dans ces maisons d'hospice, et que
les jeunes gens ne devaient sortir des maisons
d'instruction que lorsqu'ils seraient propres à
prendre un état quelconque. 7o. Que les fonds
d'un établissement aussi vaste ne pouvaient
être pris que sur les revenus de l'état ; qu'il
fallait assigner une somme et commencer au
plutôt.

Il fut décidé que cent millions par an, pendant dix années, seraient destinés pour les
fondations et l'entretien de ces nouveaux
établissemens ; que cinquante millions de
revenus devaient suffire dans la suite pour
l'entretien de ces maisons, quoique les sujets
s'y fussent augmentés du double. Le calcul

se trouva juste et le vœu de l'impératrice fut rempli.

Rien de si beau, je l'avoue, ne parut aux yeux de mon père, du ministre et du royaume entier que ces nouvelles institutions. Mes opérations n'étaient pas comparables à celles-ci ; ces traits de bienfaisance et d'humanité valurent à la princesse, et pour toujours, les cœurs de ses sujets, et la haute admiration des étrangers qu'elle s'efforça de mériter plus que jamais en veillant toute sa vie à l'administration de son ouvrage, qu'elle conduisit avec autant de bonté que de sagesse.

Mais elle ne borna pas là ses soins ; au bout de quelque tems, c'est-à-dire quand son plan fut exécuté, je lui confiai mes idées sur les changemens que je désirais faire dans diverses branches de commerce, sur les améliorations et l'augmentation dont je le croyais susceptible. Quel fut mon étonnement lorsque je m'apperçus que l'impératrice avec toutes ses vertus possédait encore la science du calcul ! ! Elle pouvait, au premier coup-d'œil, estimer et la perte et le gain de toutes sortes d'entreprises : genre de mérite presque toujours étranger à une femme. » Occupez-vous, » me dit-elle alors, de vos nouveaux projets ;

» fondez des manufactures ; aidez et proté-
» gez l'agriculture, les sciences, les arts,
» les talens, les découvertes ; récompensez
» l'homme de génie, et sur - tout l'homme
» de mérite ; faites qu'il y ait un concours
» général des talens ; recevez et payez tous
» les plans qui auront quelque rapport avec
» le bien public, quels qu'ils puissent être ;
» mais reposez-vous sur moi de l'inspection
» et de la direction des établissemens. Il
» est impossible que vous puissiez tout faire,
» laissez - moi le soin de ces nouveaux éta-
» blissemens. Je sais qu'ils sont de la plus
» grande importance, et qu'on peut croire
» qu'ils sont au - dessus de mes forces,
» mais ils sont compatibles avec les travaux
» que j'ai déja entrepris, et j'ose espérer que
» je m'en acquitterai avec le même succès.
» Pour vous, ô mon souverain ! ô mon
» époux ! vous que j'aime, tranquillisez-vous,
» reprenez haleine, je crains que vous ne
» succombiez à tant de travaux, ménagez
» des jours qui sont si précieux ». A ces mots
la voix lui manqua, et, se jettant dans mes
bras, je ne pus m'en séparer qu'en lui promettant de me conformer à tous ses desirs.
Au bout de trois à quatre mois (car je
ne

ne pus rien faire pendant ce tems, ayant donné ma parole de laisser tout sous la direction de l'impératrice), je visitai de nouveau toutes mes provinces. L'impératrice me suivit par-tout, et elle me surprenait toujours par ses actions, sa bienfaisance, et ses judicieuses remarques. Si j'inspectais mes troupes, elle en inspectait les hôpitaux. Si je trouvais un plan qui parût convenir à mon nouveau projet, elle en découvrait dix autres plus applicables encore que celui-là. Infatigable et très-instruite, elle créait et dirigeait tout elle-même ; et l'ouvrage, à notre retour, était bientôt terminé.

Cent millions, pendant six ans, furent encore destinés, et plus que suffisans pour la fondation et l'entretien de ce nouvel établissement. Mais qui croirait que ces six cens millions, au bout de six ans révolus, jettèrent plus de deux milliards dans l'empire; que six ans après ils produisirent un milliard de revenu à l'état ; que joint à une circulation immense des richesses sans nombre, des provinces abondantes et fertiles, il y eut de plus encore des heureux par-tout: plus de mendians, plus de misérables, et tout dépendait de cette opération.

On supposera peut-être que les basses classes de citoyens, devenus opulens par la grande facilité qu'ils avaient de s'enrichir, se livrèrent à la mollesse, et éprouvèrent peu-à-peu le dégoût du travail. Point du tout, il y eut pour les différens états de bonnes lois, et une bonne discipline. L'appas du gain eût même, sans cela, porté l'émulation par-tout. En effet, convenons de bonne foi, que si le pauvre devient paresseux, c'est entièrement la faute du riche, et que sa paresse ne dépend que de ce qu'il manque de moyens de se procurer une honnête aisance; qu'il se voit rejeté, maltraité ou enchaîné; que souvent on le prive des besoins les plus urgens; enfin, de ce qu'il est sans cesse la victime des injustices. En rapprochant ces deux extrêmités, on s'appercevera de la vérité de notre assertion. Mais revenons à la distribution des fonds de la caisse impériale, et calculons.

C'était la quatrième année de mon règne, et j'avais trente ans. J'avais, comme on l'a pu voir par les détails ci-dessus, conservé trois milliards de revenus, sans augmenter les impôts que j'avais restraints à deux milliards, en supprimant un millard deux

cens mille livres sur les impôts seulement ;
que cinq cents millions pendant six ans,
avaient été destinés pour les remboursemens
et les récompenses des employés externes des
finances ; que quatre cents autres millions,
pendant le même espace de tems, devaient servir à liquider d'anciennes dettes de l'état ; que
cent millions se trouvaient plus que suffisans
pour satisfaire les employés de la nouvelle
régie ; et qu'après avoir coupé les revenus
par la moitié, il se trouvait encore trois
cents millions destinés, tant pour l'état militaire et les hôpitaux, que pour le commerce ; et, qu'en conséquence, il ne pouvait
rester en caisse que sept cents millions. Mais
on sera sans doute bien plus étonné, lorsque
j'ajouterai que tous ces engagemens furent
très-bien remplis ; que sur les sept cents millions restans, il se trouva dans le trésor impérial près d'un millard cinq cents millions
d'épargne ; et qu'enfin, depuis le jour de mon
avènement jusqu'à l'époque ci-dessus, le
royaume s'était déja enrichi d'un tiers, le
commerce et le nombre des négocians se trouvaient en outre accrus de moitié ; la population
augmentait de toute part, et il ne se trouvait pas un malheureux, un seul malheureux

dans tout mon royaume : c'est cependant ce qui fut démontré et prouvé. J'en suis fâché pour les incrédules, mais finissons. Voici maintenant l'emploi que je fis du milliard cinq cents millions d'épargnes.

La classe des négocians devait être la première après celle des agriculteurs, et la plus propre à enrichir un royaume; je la regardais sur-tout comme la plus utile à toutes les nations. Jusqu'alors, les négocians étrangers n'avaient eu de relation avec les nôtres que dans un seul port : il leur était défendu, sous peine de punition grave, de pénétrer dans l'intérieur de l'empire, ni d'y trafiquer par aucune voie. J'abolis cette coutume, et je rendis le commerce et l'exportation libre. Il y avait au-delà des mers, quelques isles désertes, et quelques autres à demi-peuplées. Ces isles, au nombre de dix, et au sud, appartenaient à un roi voisin, pauvre et incapable, par son génie, de former aucune entreprise : je lui offris un millard comptant pour l'acquit de ces possesions, à condition qu'il donnerait désistement en forme pour lui, et ses ayant-cause : il accepta sur l'heure.

Le marché conclu, j'employai les cinq cents millions qui me restaient, à construire des

vaisseaux, et à former une marine réglée. Le
nombre des bâtimens se monta au bout de
deux ans. à deux cents vaisseaux marchands.
Pendant ce tems on avait visité les lieux ;
les nouveaux marins avaient été exercés ; on
avait fait des emplettes, choisi et formé des
sujets. On se doute bien, sans que je le dise,
que les indigènes se rendirent de plein gré ;
qu'il n'y eût, pour les y résoudre, ni d'as-
sauts ni de batailles, ni de violences ; mes
lois s'y établirent peu-à-peu ; et enfin, tout
s'y fit sans aucun acte de rigueur.

J'espère qu'on supposera de même, que ces
isles devinrent par la suite, riches et peuplées
à l'infini ; rien jusqu'alors n'avait approché
de ce qui s'y trouva ; comme mines, fossiles,
fruits, plantes, animaux, ect. Ces objets
devinrent, pour mon peuple et pour l'étranger, un objet de luxe ; et, au bout de dix
ans, elles purent produire un millard de revenu à l'état, sans y comprendre les richesses
immenses des différens particuliers employés
à cette administration : on construisit encore,
sur les premiers produits de ces isles, des
villes, des ports, des édifices et des monumens ; les entretiens et les charges se payèrent

sur les mêmes fonds ; et enfin, ce milliard rentra net dans la caisse royale.

Au bout de dix ans, mes revenus passaient déja les trois milliards deux cents millions, qui, comme on l'a vu plus haut, se trouvaient à l'époque de mon avènement. Mais voici encore ce qui se passa pendant ce long intervalle, et qui n'est pas moins extraordinaire que tout le reste.

J'entrais dans la seixième année de mon règne ; à cette époque deux objets, et qui furent les derniers que je mis au jour, m'occupèrent tout entier dans cet intervalle. L'un fut les divers tribunaux de justice, et l'autre les religions. Mon royaume, comme je l'ai déja dit, était divisé en vingt-quatre provinces : mais il me semble que j'ai oublié de dire que chacune de mes provinces avait non-seulement une loi particulière, mais aussi ses usages, ses coutumes. Que la religion prépondérante était à-peu-près celle de *Fo*, qu'il se trouvait par-tout un mélange d'anciennes opinions, qui, par le laps de tems, avait formé plusieurs sectes ; bien que la secte des *Tao-tsée* fut toujours la première et la plus étendue : les autres rassemblées,

formaient à peine un cinquième au plus. Je dis
donc qu'après avoir fini l'affaire de ma marine,
et établi mes colonies, tous mes soins se portèrent sur ces deux importans objets, qui,
comme on le verra, furent réduits et fixés à
des principes clairs et évidens; et enfin sou-
tenus par des faits constans et démontrés.

Premièrement, pour ne point soulever les
esprits de la multitude qui, comme l'on sait,
tient toujours aux préjugés dont elle est imbue,
et ne souffre les innovations en ce genre
qu'avec peine, et souvent avec une forte ré-
bellion, j'eus le plus grand soin de lui cacher
mes intentions, et de ne les faire éclore
qu'au moment où tout serait bien préparé ;
et pour y parvenir sans trouble, voici ce que
je fis : je confiai d'abord mes idées et mon
plan à mes deux conseillers (mon père et le
ministre) ; je les priai ensuite de m'aider et
de soutenir mes opérations quand il en serait
tems : c'étaient les seuls dont j'avais le plus
de besoin. L'un, comme on l'a déja vu, était
le chef et le commandant des armées, et
l'autre le patriarche et le père de la religion.
Nous commençâmes donc par convoquer des
assemblées de l'une et de l'autre croyance,
c'est-à-dire, les premiers chefs des *Lamas*, et

des divers tribunaux ; et après plusieurs
séances, de concert avec les meilleurs esprits que nous avions admis dans notre conseil, nous résolûmes que tous les citoyens
pourraient désormais penser librement, et
mettre leurs idées au jour, n'importe sur
quelle matière : bien entendu que le sujet
tendrait au bien général, promettant des récompenses, et menaçant de punitions exem-
plaires suivant les cas. Les prisons, à cette
époque, renfermaient un assez grand nombre
de ces écrivains anonymes, célèbres, ou
peu connus, qui, dans des tems de désordre,
s'étaient occupés à dépeindre le malheur des
peuples, les fautes des princes, la dissolu-
tion des mœurs, les préjugés nuisibles, la
bonne religion, la bonne morale, et le fanatisme. Le pays étranger, pour les mêmes
causes, servait de refuge à d'autres écrivains,
malheureux, que des decrets ou de menaces
du gouvernement avaient chassé de mes états.
Tous eurent leur liberté à cette même époque,
avec permission de faire réimprimer leurs
ouvrages, et de les publier. Chacun d'eux
ensuite reçut sa récompense et sa distinction.
Je créai en leur faveur, et pour leur gloire,
trois ordres différens.

Les moralistes, les philosophes, les législateurs, les jurisconsultes, les génies supérieurs, composèrent le premier ordre : ils
portaient une marque de distinction. Les
grands orateurs, les poètes, les historiens,
formaient le second ; le troisième comprenait
toutes les classes des aspirans qui devaient
être admis à prouver qu'ils étaient dignes de
passer à leur tour dans l'un ou dans l'autre
de ces ordres : il y eut des réglemens en conséquence. Un ouvrage quelconque, avant
d'être imprimé, devait, suivant les réglemens,
être soumis au jugement des trois corps, et
pour peu que l'auteur y eût fait entrer de
choses utiles ou agréables, il était assuré de
son salaire ; mais, si au contraire l'ouvrage
ne renfermait que des matières rabattues,
que des plates rapsodies, ou autres choses
peu utiles, on le rendait à l'auteur avec le
rapport des juges ; on y joignait la permission d'imprimer à volonté, à la seule condition que ce rapport serait mis à la tête
de l'ouvrage. Point d'autre punition : telles
étaient les règles.

Il y eut bien, comme on doit le supposer,
pendant les premiers tems, quelques insensés
qui se firent imprimer, se croyant, comme

c'est l'ordinaire, plus savans que les savans leurs juges ; mais cela ne dura point long-tems, et leur peu de succès effraya ceux qui auraient pu être tentés de marcher sur leurs traces. L'année même ne fut pas révolue, qu'il ne s'en présenta plus.

Toutes mes vues ensuite se portèrent à fonder de nouveaux édifices, pour y recevoir ces rares génies ; chacun y occupait une place analogue à ses talens. Par-tout il y eut des collèges, des écoles pour l'un et l'autre sexe : l'instruction y était gratuite et publique. Il était défendu aux professeurs, aux insti-tuteurs, démonstrateurs ou autres employés, de recevoir aucun honoraire du public, sous peine d'être interdits dans leurs fonctions ou même chassés. On ne parvenait à ces sortes de places qu'après un concours public ; toutes les voix devaient être réunies en faveur de l'aspirant.

C'est alors qu'on vit paraître de ces sortes de personnages extraordinaires ; c'est alors, dis-je, qu'on vit sortir de leur obscur réduit des savans, des génies sublimes dignes des siècles les plus célèbres des anciennes dynas-ties, que des entraves ministérielles, aussi formidables pour eux que les persécutions

suscitées autrefois par *Tsin-chée Houng-ty* (*)
l'incendiaire des *King*, avaient tenus cachés
ou séparés du reste du monde. Mais que
dis-je ? et qui pourra croire qu'à cette époque
même (celle de la liberté de penser), on
eût pu mettre à côté de Confucius (**), de
Yen-hori, de *Tcheng-Tsée*, de *Tsée-sée*, le
plus grand nombre de ces personnages? Qui
croira encore qu'il s'y trouva des poètes, des
orateurs, des historiens, qu'on eût pu mettre
au niveau de *Too-yuen-ming*, de *Tou-fou*,
de *Li-pe*, de *Sée-ma-Konung*, de *Sée-ma-
tsien :* je dis plus encore, et j'atteste que ces
grands maîtres professèrent librement et ouvertement en public, et que malgré leurs
différentes doctrines, je les asservis tous à
la mienne proprement dite. C'est ce qu'on
refusera peut-être de croire; mais je connais
l'état actuel des choses, et cette incrédulité
ne m'étonne point.

(*) Ce prince, un des plus despotes qui ayent
jamais existé, fit brûler dans tout l'empire les livres
fondamentaux de morale, d'histoire, et de religion.

(**) Voyez dans les mémoires chinois, l'éloge historique de ces grands hommes par M. Amiot, mis-
sionnaire à Péking.

Mais, mon cher lecteur, soyez empereur un moment avec moi, et placez-vous, je vous prie, au milieu de toutes ces bouches véridiques. Commencez par reconnaître un Dieu, et donnez ensuite la liberté de penser aux sages qui, loin des erreurs populaires, ont consulté les intérêts de l'espèce humaine. Faites que chacun parle le langage de la raison ; et laissez-les ensuite vous instruire des droits de Dieu sur les hommes, et des droits de l'homme sur son semblable. Quand vous en serez-là, ne dites pas comme la plupart des hommes puissans, qui s'écrient si peu raisonnablement : *Donnons-nous bien de garde d'instruire le menu peuple sur ses droits, à la liberté et l'égalité. Que deviendrions-nous, s'il apprenait tous ces secrets importans? Où trouverions-nous des esclaves, des laboureurs, des mercenaires?*

Avant d'aller plus loin, cher lecteur, répondez à cette classe d'hommes, qu'avant de condamner le peuple, ils ignorent que l'homme le plus ordinaire, apprenant à connaître ses erreurs et ses droits, apprend aussi à reconnaître et ses vertus et ses devoirs, et qu'un paysan pauvre, mais éclairé sur ses droits, respecte l'humanité, l'autorité des lois et la religion, qu'il ne commet pas de crime, et qu'il a des vertus, etc. Fermez la bouche ensuite à ces vils corrupteurs, à ces infames politiques qui soumettent vos volontés sacrées au cours des évènemens, et apprenez au peuple l'abus des lois et les dangers du fanatisme. Faites plus, mettez-ie à portée de se détromper lui-même, et croyez qu'un monarque n'a rien à craindre d'un écrivain qui a plaidé sa cause et celle du peuple. S'il est juste, les sarcasmes et les libelles décochés contre lui deviennent sans effet ; lorsqu'ils portent à faux, ils tombent d'eux-mêmes dans l'oubli. Mais le contraire arrive s'il est injuste : et n'est-ce pas ce qu'on est à portée de voir tous les jours par les vicissitudes des ministres, par l'exil rigoureux de certaines personnes en place ; tous les siècles n'en offrent que trop d'exemples.

Pourquoi fermer la bouche à un vrai et fidèle citoyen, doué d'un grand génie, et l'empêcher d'avertir le public et le prince des fautes manifestes, que tels et tels ministres commettent, ou ont commis dans leur administration ? Où est donc le crime ? Comment : il faut brûler ou renfermer un citoyen parce qu'il a dit la vérité. Hélas ! qu'elle pitié. Aussi

quel triomphe pour celui-ci , s'il échappe aux
poursuites , il est assez vengé. Pour moi, je
dis et je répète encore qu'il n'y a rien à craindre d'un homme de sens, et qu'il n'y a rien à
perdre d'un homme d'esprit ; avec le premier
tout s'arrange , avec le second , tout se pré-
voit. L'homme ordinaire devient nul dans ces
sortes de cas, j'entends les grands évènemens.
Mais revenons à ma besogne , peut-être que
ce qu'on regarde comme impossible paraîtra
même facile.

Aussi-tôt que mes nouveaux monumens
furent prêts à recevoir les maîtres et les élèves,
on y tint les écoles, et comme je l'ai dit, publiques et gratuites. Il y eut six divisions distinctes dans ces sortes d'écoles. Les trois premiers portaient le titre d'*écoles nationales*, et
les trois autres celui d'*écoles académiques.*
On ne pouvait être reçu dans celle-ci , qu'a-
près avoir passé par les trois premières.

Ces trois premières comprenaient toutes les
classes indistinctement, et les dernières l'élite
des premières ; on apprenait dans les premières
tous les élémens en général, des sciences, des
arts et des talens. Les élèves ne pouvaient y
entrer qu'à l'âge de huit ans accomplis ; ils
n'en pouvaient sortir qu'à dix-huit , irrévoca-

blement et seulement les sujets de distinction,
car tout ce qui se présentait sans dispositions
ou même avec des dispositions médiocres,
était rejetté ou du moins pouvait se retirer à
volonté. On se doute bien que ce fût le plus
grand nombre. Les maîtres en décidaient
d'après les apperçus.

On ne pouvait entrer aux écoles supérieures
ou écoles académiques, sans avoir donné des
signes certains d'un mérite éminent ; et pour
cela il fallait avoir concouru à plusieurs prix,
et avoir été couronné plusieurs fois. Une fois
admis, on pouvait traiter toutes sortes de
matières. Chacun y suivait son penchant. Cependant ces espèces d'académies , quoique
réunies, en commun, formaient encore trois
ordres différens. Le premier contenait le
sublime ; le second, le parfait, et le troisième, le passablement bon. Pour arriver au
premier, il fallait donner des preuves d'un
grand génie et être en état de juger de tout.
Pour atteindre au second, il fallait exceller
en inventions ou perfections, sinon utiles,
du moins agréables. Le troisième contenait
les esprits inférieurs aux deux premiers , lesquels pouvaient discourir librement sur toutes
les matières, pourvu qu'ils les considéras-

sent du côté le plus utile ou que du moins ils s'occupassent de cet objet. Tout finissait là ; sans cela révoqués. Telles étaient les lois.

Eh bien ! me direz-vous, qu'en arriva-t'il ? ce qu'il en arriva, mon cher lecteur, c'est que je pus au bout de dix ans et sans aucun danger, changer la religion et les lois du royaume, qu'il ne s'y trouva aucun obstacle, pas même un mécréant. Mais comment, me direz-vous encore ; Eh ! quels rapports y a-t-il entre ces deux objets et vos établissemens académiques ? Le voici. Quand tout fut bien préparé, et au point où je le desirais, c'est-à-dire, quand le gros de la populace fut à-peu-près instruit sur ses droits respectifs, et sur ses premiers devoirs envers son dieu, son souverain et ses égaux. Il y eut encore pendant près de deux ans pour cette même populace, diverses assemblées tenues par nos grands maîtres ; il y eut des cours publics où chacun pouvait donner son avis. Ici on discutait sur les bons et mauvais gouvernemens ; là sur les différens conseils et tribunaux, sur les différens ordres de l'état, sur les mariages, la population, le caractère national et les religions. Ailleurs, sur les finances, le commerce, les monnoies, les poids, les mesures, les

différens

differens usages, les diverses coutumes, les sciences, les arts, et par-tout avec cette liberté sans laquelle il n'y a point de vraies lumières.

Tandis que ceux-ci présentaient au public le vice et l'abus de chaque chose, d'autres appuyaient ailleurs avec véhémence sur la nécessité urgente de les réprimer. D'autres encore y lisaient quelques fragmens du nouveau code. C'est alors qu'il y eut de tous côtés de ces sortes d'assemblées générales où chaque sujet fut tenu d'assister, et qu'il fut permis pour la première fois à chaque chef, dans leur partie, d'y haranguer ouvertement les diverses classes de citoyens, et de prononcer sur cette nécessité urgente d'obvier au plutôt à cet amas confus de vices, de préjugés et d'abus. « Qu'attendons-nous, s'écriaient-ils
» après avoir donné des convictions? Pourquoi
» ne pas profiter des bonnes volontés de notre
» souverain ? Qui nous retient encore ? N'a-
» vons - nous pas pour garant des preuves
» authentiques sur sa bonne-administration ?
» Ne voyons - nous pas que ses intentions ne
» sont dirigées que vers le bien général : voyez
» encore ce qu'il nous propose à ce sujet ».
Chacun d'eux alors, dans un profond silence,

F

lisait l'ensemble du nouveau code , en résumait
les faits , et répondait aux questions qu'on lui
faisait. D'un côté ils présentaient le vice et l'am-
biguité des différens statuts de l'ancien code ,
qui de tous tems avait fasciné les yeux du vulgaire ; de l'autre , ils démontraient l'ordre ,
la marche, la clarté et la simplicité du nouveau. Ils s'étendirent aussi sur le bien qu'on
devait en attendre en l'adoptant , et sur le mal
inévitable qu'on ne pouvait récuser en le refu-
sant, offrant d'un côté des vertus à espérer,
de l'autre , des crimes à éviter; par celui-ci,
l'esclavage ; par celui-là, la liberté. Le même
ordre fut suivi par la nouvelle religion.

Les lamas, les bonzes, les mahométans,
les missionnaires européens parlèrent de leurs
diverses dogmes, rites ou cérémonies, mais
sur-tout des ridicules, des horreurs et des crimes qu'on pouvait imputer à chaque secte ;
ensuite sur les abus, la superstition et le fanatisme attachés à chacunes d'elles. Chacun d'eux
alors présentait le nouveau culte en expliquant
les divers préceptes, et en assurait ainsi la durée
et la validité, etc. Quoique ces préceptes fussent
fondés sur les bases de la saine raison, il y
eut encore dans les premiers momens quelques
fanatiques , quelques petits esprits opposans ;

mais cela dura peu, et si peu qu'au bout de trois mois, tems que durèrent ces assemblées, tout le monde fut d'accord.

C'est donc à cette époque, et dans la seizième année de mon règne, que je crus pouvoir publier mon nouveau code de lois et le nouveau culte. On y verra que par l'un j'efface toutes les vieilles coutumes et les anciens usages ; que par l'autre j'anéantis tous ces faux préceptes, toutes ces erreurs insensées, ou plutôt tous ces cultes factices et criminels. Il est possible, m'objectera - t - on, de faire ce que nous avons vu, sur-tout quand on est roi despote, riche et éclairé ; mais substituer de bonnes lois à de mauvaises, réunir plusieurs cultes en un seul, en changer les formes, la chose paraît presque impossible, car on ne parvient pas à ce degré de perfection, sans l'aide d'un génie extraordinaire, de même qu'on ne peut parvenir à l'établir que par un excès de force et de courage. Oui, sans doute ; mais aussi je n'y suis parvenu qu'en faisant exercer l'une et l'autre ; et ce ne fut, comme on l'a vu plus haut, qu'après avoir encouragé tous les hommes de génie à en perfectionner chaque partie, ou les avoir chargés de résoudre les divers problêmes que je me décidai à prononcer. Qu'on rapproche ces premiers objets, qu'on suive ma marche, peut-être qu'on en sera convaincu. Au reste, peu m'importe.

Ce qui m'importe le plus, c'est de continuer et de dire qu'à cette époque j'eus le plaisir et l'étonnement de voir paraître un grand nombre de savans, de législateurs sacrés, d'orateurs éloquens, d'écrivains sublimes qui perfectionnèrent les lois de mon empire, et les rendirent invariables ; que ce ne fut qu'avec ce même appui que ma religion s'épura, se cimenta et fut reçue unanimement ; que sans eux je ne pouvais prétendre à de si grands prodiges. Je ne donnerai point désormais d'autres convictions sur ces objets. Je pense que celles-ci suffisent : et puis, que peut-on attendre d'un rêve, car j'en reviens toujours là.

Voici maintenant le contenu à-peu-près du nouveau code, qui renfermait dix articles principaux. Le premier assurait à chaque citoyen son droit de propriété, sans crainte d'aucune infraction. Le second sa franchise et sa liberté dans toutes ses actions. Le troisième ses droits et ses devoirs respectifs envers père, mère, enfans, parens, etc. Le qua-

trième, les mêmes droits et devoirs envers
son prince, ses supérieurs, ses égaux. Le cinquième renfermait un réglement pour chaque
ordre de citoyens. Le sixième contenait les
coutumes, les conventions, les actes, etc.
Le septième, les premiers honneurs et les
récompenses décernées aux premiers corps
de la nation, les laboureurs, les magistrats,
les militaires et les nobles de distinction. Le
huitième, les seconds honneurs et récompenses dus aux patriarches, aux savans, et
autres gens de mérite. Le neuvième, les troisièmes honneurs et récompenses dus aux artistes, artisans, négocians, commerçans, etc.
Le dixième, les peines imposées contre les
infracteurs du droit de propriété, de con-
vention, de traité, etc. et ensuite contre les
violateurs de sermens, contre le vol, le rapt,
le meurtre, le mensonge, le fanatisme, la
tyranie, enfin tous les crimes.

Chaque article comportait sa coutume, son
tribunal et ses juges. C'était là qu'on jugeait,
en premier et en dernier ressort, les différentes causes : chaque tribunal ne pouvait
admettre que l'exposition des faits avec témoins, autrement hors de cours. La fraude
était punie sévèrement suivant les cas, mais

aussi pouvait on s'en garantir , tant par les conventions que par les sermens, les traités et les actes qui étaient conçus de manière à les prévenir toutes. Tous parlaient le langage de la raison.

C'est alors qu'il ne se trouva plus de ces juges partiaux et concussionnaires , ni de ces avocats verbeux et satyriques, ni de ces procureurs avides et brigands. Tous, malgré eux, se rangèrent du parti de la raison. La fonction de ceux qui défendent la cause du juste avec intégrité , étant le plus beau partage de l'homme, on ne peut trop récompenser ceux qui l'exercent avec dignité. C'est aussi ce qui fut fait à leur égard. On supputa d'abord ce que pouvait rapporter chaque charge , on y ajouta un tiers en sus , et le tout fut payé par le gouvernement. De-là, plus de craintes, plus d'inquiétudes pour les cliens ; porte ouverte à chacun, et justice rendue à tous également. Le riche se trouva l'égal du pauvre, le pauvre l'égal du riche. Plus de brigues, plus de faveurs, plus d'acception de personnes.

Les juges ou autres officiers de justice qui prévariquaient dans leurs fonctions, étaient cassés ou interdits suivant les cas. Point de grace ;

les peines infligées contre les violateurs d'actes, de sermens, de conventions, etc. étaient subies publiquement, et la durée de la punition était proportionnée au délit. On ne punissait point le coupable par des peines afflictives, mais par des peines physiques; chaque coupable se trouvait condamné à porter le sceau du déshonneur, désigné par un ruban noir, lequel ruban se portait autour du bras, avec l'inscription du délit, jusqu'au tems prescrit. On pouvait obtenir sa grace par de bonnes actions.

Cette façon de punir les coupables me fit bientôt naître l'idée de récompenser le mérite et la vertu. J'instituai dès-lors le sceau des vertus. Celui-ci était désigné par un ruban blanc qu'on portait également au bras. On y ajoutait l'emblême ou la devise que comportait le sujet. Une fois reçu et désigné, on pouvait se présenter par-tout, c'est-à-dire, qu'on pouvait siéger dans toutes les assemblées et sociétés, n'importe de quelle classe. Les premiers, au contraire, ne pouvaient ni siéger, ni se montrer en public, sans encourir les affronts et les huées générales.

Quoiqu'on n'obtint le sceau des vertus que

par des actions d'éclat et par d'éminentes
vertus, le nombre en augmenta de jour en
jour; l'état des premiers fit l'émulation des
derniers. Les peines imposées aux criminels
fürent changées aussi dans le même tems; il
n'y eut plus de bûchers ni de potences, ni
d'échaffauds. Deux isles nouvellement découvertes, servirent de refuge et de tombeau à
ces malheureux. Ces deux isles, situées au sud
et sous la ligne, passaient pour être inha-
bitables suivant les rapports des premiers
voyageurs; mais il fut démontré par la suite
qu'on y pouvait vivre, puisqu'elles se peu-
plèrent à l'infini. L'une fut destinée à recevoir les assassins, les traitres et les inces-
tueux; l'autre les voleurs, les filoux et autres malfaiteurs subalternes. Mais, avant de
passer à leur destination, chacun d'eux devait essuyer les affronts publics. Pour cet
effet, on les exposait dans une place publique, non à un poteau comme auparavant,
mais dans une cage de fer. C'était là
que toute la populace s'exercait à les couvrir de honte et d'infamie. Les criminels y
restaient plus ou moins long-tems, suivant
que le crime était plus ou moins punissable.
Trois jours pour les grands forfaits, et ainsi

des autres à proportion. On embarquait ces
criminels tous les mois régulièrement, et
jamais on ne les revoyait ni on n'en parlait.
L'infamie ne retombait point sur les parens
de ces misérables ; on les réverait au contraire, et lorsqu'il était prouvé que leurs
vices ne dépendaient point de leur négligence
ou de leur mauvaise éducation, on ne les
regardait que comme plus respectables et plus
dignes de foi : telles furent les lois crimi-
nelles.

Ces lois, ainsi que les lois civiles, devinrent
immuables à cette époque, et telles qu'elles
parurent l'être par leur nature. Il y en eut
quelques autres de variables, et qui ne
purent se fixer, telles que celles du commerce,
des finances, des impôts, de la discipline
militaire, qui doivent changer suivant les
circonstances, et sur-tout dans les affaires
urgentes.

La loi civile, comme on l'a pu voir, renfermait les dix articles du nouveau code ;
savoir : le droit de propriété sans craindre
l'infraction ; la franchise et la liberté dans
les actions ; les droits et les devoirs entre
parens, etc. : mais passons aux articles de la
religion.

Après avoir démontré au peuple qu'il y avait eu dans tous les tems et dans tous les pays une religion quelconque ; après lui avoir prouvé que chaque nation , sous mille formes différentes , avait admis et reconnu une intelligence suprême , après lui avoir démontré que la plupart l'avait dégradée ainsi que la nature elle-même , par des crimes et par des extravagances , les nouveaux patriarches furent chargés de publier la nouvelle religion qui fut reçue unaniment. Celle-ci , loin de mesurer l'étendue des devoirs de l'homme sur cet article , était entièrement libre. Plus de cultes erronés , plus de rapports factices , et conséquemment plus rien de tout ce qui avait procédé. Elle renfermait un seul culte ; il se bornait à reconnaître le *Chang-ti* ou *Tien* suprême , et à l'adorer comme seul moteur et créateur de toutes choses , et surtout comme un être impénétrable dans ses decrets à toutes espèces humaines. Rien de plus ; de-là , plus d'association pour l'homme avec la divinité ; prince , sujets , chacun à soi et pour soi , ou ce qui est la même chose , tous pour tous. Toute la métaphysique et toute la théologie consistaient dans l'immortalité de l'ame , et dans la récompense

des bonnes actions, et la punition des mauvaises, comme faisant partie du grand tout,
rien au-delà ; encore était-il libre à chacun
de penser comme il croirait devoir le faire.
Après la mort du corps, chaque être sur
la terre devait porter sa peine et sa récompense ; jamais plus loin. L'être le plus vertueux était le plus révéré, comme le plus
coupable était le plus avili. La sagesse, la
raison et la justice cimentèrent le reste, point
d'autre appui.

Quant aux différens ordres de lamas, de
bonzes, il n'en exista plus. Je créai, pour
les remplacer, des patriarches que je divisai
en trois classes. La première portait le titre
de patriarches-gouverneurs ; la deuxième de
patriarches-commandans ; et la troisième de
patriarches-ambulans. Leurs fonctions, quant
au gouvernement, ne s'étendaient qu'à l'en-
registrement de chaque sujet comme patriotes,
à constater l'époque des naissances , des
morts ainsi que des mariages. Les premiers
rendaient compte au gouvernement des diverses opérations qu'il avait ordonné ; les
seconds commandaient et inspectaient les
derniers, et ces derniers faisaient les fonctions, et passaient tour-à-tour aux charges

des deux premiers. Les appointemens de chacun étaient fixés et payés par le gouvernement. Les premiers à vingt mille livres par an ; les seconds à dix mille livres, et les troisièmes à cinq mille livres, par-tout également, dans les villages comme dans les villes.

Quant aux cérémonies, il fut arrêté que les patriarches-gouverneurs, et les patriarches-commandans, officieraient dans les fêtes majeures, et les patriarches-ambulans dans les jours de fêtes ordinaires. Ces fêtes se célébraient en pompe : les plus grands honneurs et les plus grandes distinctions étaient attachés à ces célébrations. On créa, en l'honneur du *Ching-ti*, vingt-huit fêtes annuelles, quatre majeures, dont une au commencement de chaque saison, et vingt-quatre mineurs, dont chacune aurait lieu tous les quinze jours.

Le costume des patriarches différait en tout de celui des autres citoyens, non par la forme des vêtemens, mais par la qualité des étoffes qui se fabriquaient exprès pour leur usage. La couleur de leurs habits était d'un blanc éclatant ; mais point de distinction pour les grades supérieurs, si ce n'est les jours de fêtes majeures, où les deux premières classes portaient en officiant une couronne de fleurs qui représentait les divers attributs de la saison. Le reste était uniforme.

L'office des fêtes mineures se célébrait d'ordinaire le matin, à la neuvième heure du jour, et durait deux heures. On avait coutume de chanter en musique quelque hymne ou ode en l'honneur du *Chang-ti*. D'ailleurs point de prières. Le reste de la journée était sacrifié au repos, au divertissement et au travail, suivant la fantaisie ou les moyens de chacun. Les fêtes majeures, au contraire, excluaient toute espèce de travaux, et se célébraient d'une manière toute différente.

Ces jours-là, les portes du temple s'ouvraient à la huitième heure du jour, et ne se fermaient qu'à la douzième (je veux dire huit heures du matin jusqu'à midi) ; c'était là qu'on s'assemblait pour chanter et prier en commun. Tout s'y faisait en langue vulgaire. Les patriarches, de droit, y occupaient les premières places, lesquelles furent fixées au centre de la multitude. Là, montés sur un trône et tournés vers l'emblême du *Chang-ti*, ils y récitaient à haute voix les cantiques du jour. Ils y chantaient ensuite tour-à-tour les

premiers versets de chaque hymne, qui se
trouvaient accompagnés d'un nombreux or-
chestre et d'un chorus universel. Ensuite les
plus excellens virtuoses de l'un et de l'autre
sexe, exécutaient des morceaux de musique,
choisis et faits par les plus grands maîtres.
La cérémonie se terminait par une procession
générale, qui se faisait d'ordinaire à l'exté-
rieur du temple, quand le tems le permettait.

Rien de si respectable, pour chaque individu,
que ces sortes de marches ou processions. La
musique instrumentale marchait à la tête,
derrière était rangée l'élite de la plus brillante jeunesse, de l'un et de l'autre sexe, et
placée séparément, suivant l'ordre et l'état de
chacun. Ils marchaient en cet état sur deux
lignes parallèles, les garçons à la droite et
les filles à la gauche. C'était à qui y brille-
rait le plus, les uns par leur taille ou leur
maintien ; les autres par leur beauté ou leurs
graces naturelles ; ceux-ci par la propreté et
l'élégance de leur vêtement; celles-là par leur
simplicité ou leur modestie, et d'autres encore
par mille charmes différens. A la suite, venaient les pères et mères de ces premiers,
rangés dans le même ordre et suivis de leurs
enfans pris dans le jeune âge, c'est-à-dire,

de six à quinze ans. Derrière eux, marchaient les autres parens, pris dans tous les âges, mariés ou non mariés, qui se trouvaient sans enfans; les vieillards devaient fermer les deux lignes. On les rangeait ainsi, afin qu'ils jouissent du plus beau tableau de la vie, et sans doute le plus expressif que la nature puisse offrir. La brillante jeunesse comprenait l'âge adulte, pris de quinze à vingt ans, point au-dessous ni au-delà (on employait ordinairement cet intervalle à faire un choix pour l'hymen. Au bout de ce tems, on se mariait, mais pas avant vingt ans : telle était la loi pour la jeunesse).

C'est dans cet ordre qu'on rentrait dans le temple, et quand chacun avait repris sa place, on y récitait la dernière prière du jour, et les portes du temple se fermaient. Ainsi se terminaient les rites, cultes et cérémonies. Le reste de la journée était consacré aux plaisirs proprement dits. On ne voyait que festins, jeux, courses et danses, la gaieté se faisait remarquer par-tout, et portait son agréable délire dans tous les cœurs.

Les vieillards qui se trouvaient pères de famille, prirent l'habitude ces jours-là de rassembler leurs enfans, petits-enfans, et de

les traiter suivant leurs moyens ; chacun s'y
distinguait de son mieux pour le choix des
mêts, des vins, des différens jeux ou diverses
fêtes qui devaient égayer ces festins. Qui peut
égaler parmi nous le plaisir de ces enfans
dans ces sortes de fêtes ; et que peut-on espérer d'éprouver qui approche de la jouissance
et de la sensation délicieuse de ces vieillards?
Rien, ce me semble , si ce n'est ce que nous
appellons si communément, parfait bonheur,
mot chimérique comme tant d'autres. Les
philosophes éclairés pourront traiter cet
objet de comparaison plus au long, mais
pour moi je revens à mon sujet.

Aussi-tôt que la loi et la religion furent
établies, je m'emparai sans réserve de tous
les biens des anciennes mosquées , *miaô*,
bonzeries, etc. tout fut en mon pouvoir.
Je commençai d'abord par fondre les divers
métaux employés à ces superfluités, et ensuite
par élever de nouveaux temples , et par raser
ceux des anciennes sectes. Toutes ces opérations furent terminées au bout de six ans.
Il est vrai que l'argent ne manqua pas , et
quoique j'eusse dépensé , pour la construction
de ces nouveaux temples , près de huit milliards, il me resta encore plus d'un milliard

de

de revenu, pris sur les fonds des anciens sectaires. Mais je sens qu'il faut entrer dans quelques détails pour faire disparaître l'invraisemblance que présente ce fait.

Les richesses qui me revinrent de la fonte de ce qu'on appelle trésors des Miao, furent si considérables qu'elles se montèrent, valeur intrinsèque, à plus de dix milliards, argent monnoyé. Ce fait existant, il me fut facile d'arriver à mon but. Aussi j'avoue que ce fut l'opération qui me coûta le moins de peines. Peut-être me demandera-t-on comment il était possible qu'en si peu de tems j'eusse bâti tant de temples, car je donne lieu de supposer qu'il y en eut autant que de villes, bourgs et villages qui, suivant ce que j'ai dit de mon empire, y étaient très-multipliés; mais il me suffira d'attester que tout concourut à cette entreprise; que tous les travaux de ce genre cessèrent à cette époque; qu'il ne manqua pas plus d'hommes que de matériaux, et qu'enfin tout alla d'emblée : c'est tout ce que je puis répondre. J'ajouterai même que toutes ces dépenses faites, je pus faire entrer dans le trésor impérial 200 millions qui furent destinés à la fondation des nouvelles villes, et le reste à l'embellissement des anciennes. Tout ce qui parut dans ces dernières de

défectueux ou de déplacé, fut rasé et recons-
truit ; et toutes celles qui, par leur position,
se trouvaient irrégulières ou incommodes
aux habitans, furent rasées et rebâties dans
des lieux accessibles et commodes. On en
fit autant des bourgs et villages qui, par leur
position, demandaient ou le déplacement ou
l'embellissement ; car on sait combien il est
dangereux ou onéreux d'habiter telle ou telle
ville, tel bourg ou tel village, soit qu'on
ait égard aux diverses températures des lieux,
qui donnent assez souvent la bonne ou la
mauvaise santé ; soit qu'on réfléchisse sur les
diverses révolutions qui ne peuvent manquer
d'arriver dans beaucoup de circonstances. On
pourrait, sur cette matière, présenter des
idées claires, et faire un ouvrage complet,
appuyé des preuves évidentes. Ce fut encore
d'après ces observations que mes opérations
furent dirigées.

Il fut arrêté dès-lors, qu'on emploierait
par année un milliard à ces opérations, et sans
terme limité, c'est-à-dire, jusqu'à la révision
totale ; bien entendu qu'il n'y aurait d'interruption dans ces sortes de travaux, que
le tems qui conviendrait à la culture des
terres ou à la défense de la patrie, en supposant toutefois qu'on eut besoin d'hommes

pour l'un ou l'autre ; ce qui en effet ne manqua pas d'arriver au bout de quelques années ;
et voici comment.

Quand tout fut en mouvement, et qu'il
parut sur mes frontières de nouvelles villes,
de nouvelles citadelles, de nouveaux ports,
tous bien fortifiés, les nations voisines, jalouses de ma gloire et de mon élévation, crurent que c'était le moment favorable de m'attaquer, afin de détruire ou d'arrêter mes opérations qui leur paraissaient merveilleuses, et sur-
tout fort à craindre. C'est dans ces circonstances que je vis fondre sur mes états, malgré la
foi des traités, des armées formidables. Plusieurs souverains ligués les commandaient en
chef ; c'était à qui causerait le plus de ravage :
on comptait douze cent mille hommes dispersés çà et là, lorsque je fis marcher toutes
mes forces pour les repousser. Je ne tardai
pas à me trouver en leur présence ; mais les
lâches, après avoir saccagé et brûlé plusieurs
villes, évitèrent le combat, et prirent la fuite.
Je me mis à leur poursuite pendant quelque tems. La difficulté de les joindre semblait ranimer l'ardeur de mes soldats ; ils
respiraient tous la vengeance, et ils jurèrent
de ne quitter les armes qu'après avoir lavé,
dans le sang ennemi, les insultes outrageantes

faites à ma couronne. Je me sentis entraîné malgré moi par le vif desir de seconder leur noble courage. Nous redoublâmes d'ardeur; et après les avoir chassés des provinces qu'ils avaient envahies et ravagées, nous fûmes les attaquer jusques dans leurs propres foyers. Je divisai mon armée à cet effet, et en peu de tems nous pénétrâmes dans leur pays le fer et la flâme à la main. Rien n'échappa à notre fureur vengeresse, tout fut égorgé, tout fut sacrifié sans pitié et sans réserve. On ne vit bientôt plus sur nos traces que des monceaux de cendres et des ruisseaux de sang. Partout le fléau de la guerre se manifesta avec toutes ses horreurs; j'en frémis encore. Ceux qui m'ont veillé pendant mon rêve, m'ont raconté qu'un moment avant de m'éveiller, j'avais été dans un état qui les avait fait trembler pour mes jours. Je ne doute point que ce ne fut dans ce moment-là, puisque mon rêve a fini peu de tems après.

Nos ennemis, loin d'être abattus par nos succès, loin d'éviter de tomber sous les coups d'une armée devenue avide de carnage, osèrent nous attendre de pied ferme, et même nous attaquer les premiers. Il se donna plusieurs combats très-sanglans, ils furent tous à notre avantage. Le dernier, terrible pour l'une

et l'autre armée, offrit l'image la plus frap-
pante des combats si fameux des Grecs et
des Troyens, et fut comparable à tout ce que
l'histoire rapporte de plus surprenant en valeur, en force et en courage chez les nations
les plus belliqueuses : je réussirais mal à peindre les prodiges de vaillance que développèrent
les chocs répétés de deux grands corps d'armées animés par la vengeance. Qu'il me
suffise de dire que ce dernier combat fut
donné dans une vaste plaine ; que mon armée,
divisée en deux corps, était composée de
cent cinquante mille hommes, qu'elle fit face
à deux cent mille hommes divisés de même
en deux corps égaux en nombre ; que le
combat fut des plus opiniâtres ; qu'il se soutint pendant trois jours ; et qu'enfin la terre
resta jonchée de morts et de mourans. Il
y périt plus de soixante mille hommes ennemis, qui se trouvèrent amoncelés sur vingt
mille des nôtres, qui y périrent en commençant le combat. Notre victoire fut des plus
complettes.

Après un succès aussi éclatant, il ne me fut
pas difficile de conclure la paix. Il me restait
pour otages, deux têtes couronnées, plusieurs
généraux d'élite. On me fit des propositions ;
on voulut même me céder des provinces,

des royaumes, mais inutilement ; rien ne fut
accepté, et sans jouir plus long-tems des
honneurs dus à la victoire, je rendis la liberté
aux vaincus ; je leurs promis des secours en
cas de disette, ou de tels autres malheurs.
Point d'autres traités, j'exigeai seulement un
serment mutuel de fidélité.

Telle fut la fin de cette cruelle guerre.
J'eus quelque peine d'abord à modérer la
fougue impétueuse de mon armée. Soldats,
généraux, tous s'opposèrent à mes volontés.
Les uns se plaignaient de ce que j'arrêtais
trop tôt le cours de leur vengeance ; les
autres de ce que je rejettais la gloire de
joindre deux royaumes au mien ; d'autres
encore, avec des yeux étincelans et avides
de combats, concentraient à peine leur bouil-
lant courage. Ce ne fut qu'après leur avoir
tenu un discours sur l'affreux tableau du
sang qu'ils avaient déja versé, et celui qu'il
fallait encore répandre, le tout pour satisfaire une vaine ambition, ou plutôt pour
dégrader l'humanité, en poussant trop loin
la vengeance, qui, dans ces sortes de circonstances, ne connaissait plus de bornes.
» Imitez votre roi, mes amis, m'écriai-je,
» calmez vos sens, maîtrisez-vous, et jouis-
» sez avec lui du plaisir de pardonner. Que

» demandez-vous? Que souhaitez-vous ?
» Parlez : mais terminons cette guerre ».

.Sans doute il m'eût été possible alors, en
laissant égorger quelques millions de victimes,
de réunir, en moins de six mois, deux ou
trois couronnes à la mienne, et cela sans
être taxé d'injustice, puisque je m'y trouvais
autorisé par les lois de la guerre ; mais
j'aimai mieux porter le titre de conquérant
pacificateur, que celui de lâche oppresseur ;
titre que j'aurais mérité, sans doute, puisque mes conquêtes auraient eu lieu à forces
inégales ; car nonobstant les troupes qui me
restaient après la bataille, il m'arriva un
renfort de vingt mille hommes le lendemain
du dernier combat, sans compter que nos
villes frontières régorgaient de soldats qui
n'attendaient que mes ordres. Pourrais-je,
en cet état, sans honte extrême et sans
m'avilir, poursuivre plus longt-tems un ennemi qui se trouvait sans armes et sans dé-
fenseurs ? Je me contentai seulement de faire
quelques légères observations aux vaincus
sur leur imprudence, et sur le danger éminent
qu'ils avaient couru en s'exposant sans ré-
fléxion à un ennemi redoutable : évitant avec
art néanmoins tout ce qui eût pu blesser
l'amour-propre d'un vaincu malheureux.

Quand chacun se fut acquitté des devoirs funéraires envers les siens, suivant l'usage, je leur promis des secours, comme je l'ai dit plus haut, et nous nous séparâmes. Cette paix fut pour toutes les nations un sujet d'admiration ; les louanges furent prodiguées à l'excès de part et d'autre ; il semblait qu'il n'y eût point de fait aussi héroïque et aussi mémorable dans l'histoire. Cependant, sans trop m'en-orgueillir d'un trait qui parut faire époque dans l'histoire ; je me crus obligé de répon-dre à cette multitude d'honneurs qui, comme l'on sait, ne manquent pas de se multiplier à l'infini dans ces sortes de cas, et assez souvent malgré celui qui en est l'objet. A la vérité, j'étais pour eux un personnage re-doutable, j'étais un roi débonnaire, un roi juste, éclairé, bienfaisant ; plus que tout cela encore, j'étais un dieu ; j'espère qu'on me connaît déjà assez pour juger qu'elle dut être ma réponse sur cet attribut. Je me bor-nerai à dire que ces sortes d'éloges et d'é-pithètes n'influèrent en rien sur mon esprit, et que mon caractère fut toujours le même.

Enfin, donc, et c'est la fin de mon règne, au bout de quelques mois, et sur-tout après que les affaires eurent repris leur cours ordi-naire, et que chacun put en liberté vaquer à

ses affaires particulières , le concours de la
nouvelle entreprise reprit bientôt sa vigueur.
On commença d'abord par réparer les dom-
mages et les pertes causées par l'ennemi commun, comme plus urgentes, et le reste suivit. Ces divers travaux se continuèrent avec
le même ordre qu'auparavant , d'année en
année , et avec toute la célérité possible. Cela
fait, et comme je roulais dans ma tête quelques nouveaux projets sur le bonheur de mes
peuples, au moment, comme cela arrive toujours, où je commençais à pouvoir jouir
du fruit de mes travaux, tout disparut pour
jamais.

Il y avait à peine six mois que je jouissais
de quelque tranquillité , et que j'appercevais
déja ce bonheur tant desiré, quand, par un
coup fatal, et sans doute des plus cruels qui
puissent arriver en pareille circonstance, je
m'en vis privé pour toujours. La mort de mon
père fut la seule cause de ce changement.

Ce bon vieillard , que j'appellai toujours
mon père, et qui fut toujours mon mentor,
mourut à cette époque; et comme sa mort
ne me fut annoncée par aucun préliminaire,
et qu'il mourut presque subitement, nos
adieux furent si vifs et si tendres que l'instant qui nous sépara fut celui de mon réveil;

ainsi se terminèrent mon rêve, mes projets et mon règne.

Je pense maintenant qu'on trouvera bon que je ne parle pas de l'état où je me trouvai à mon réveil, et qu'on me passera sans peine ces détails frivoles qui pourraient à peine intéresser ceux qui se sont trouvés dans des cas pareils ; je veux leur sauver cet ennui de peur de les excéder, de les rebuter même, et je ne leur demande pour dernière faveur que de garder le silence, quant aux observations qu'ils seront en droit de me faire sur le récit de mon rêve, sur l'historique des évènemens, et le ridicule de l'invraisemblance. On peut traiter le tout de fable ou de folie, cela m'est égal. Mais je dois au moins prévenir mon lecteur que je suis peut-être un de ces êtres les plus heureux que la nature ait formé (quant aux songes), et qu'en raison de mes rêves, qui se sont multipliés depuis mon existence, j'ai peut-être centuplé la vie d'un homme ordinaire, qui, comme l'on sait, ne conçoit pas plus sa pensée que ses rêves.

Ainsi, donc, et c'est ma conclusion, je pense que je puis dire avec Locke, et sans offenser personne, que nous n'avons d'idée des choses, qu'en réfléchissant sur cette suite d'idées ou de pensées qui naissent l'une après l'autre dans notre esprit ; qu'ainsi un homme qui dort profondément et sans rêver, n'a aucune perception du tems qu'il met à dormir, et qu'à son réveil il ne voit aucun intervalle entre le moment où il a cessé de penser et celui où il a recommencé ; et qu'il en serait de même, d'un homme éveillé , s'il lui était possible de fixer dans son esprit une seule et même idée sans variation et sans succession ; que nous pouvons même remarquer que quand nous pensons fortement à une chose , au point de ne sentir qu'à peine la succession d'idées qui se fait dans notre esprit pendant cette espèce d'extase, alors le tems nous paraît plus court qu'il n'est en effet, et que dans le calcul des parties écoulées , nous faisons toujours la somme trop faible.

A cette assertion de Locke, j'ajouterai encore deux ou trois citations métaphysiques, qui m'ont paru avoir quelque analogie avec mon sujet, bien qu'on les sache depuis long-tems.

La première est du Père Mallebranche. Ce métaphysicien célèbre nous dit quelque part, dans ses recherches sur la vérité, qu'il pourrait y avoir des êtres pensans, pour qui une demie heure serait en durée, ce que mille ans seraient pour nous, et qui regarderaient une de nos minutes , comme nous regardons une heure , une semaine , un mois ou un siècle.

La seconde est de Mahomet, et elle n'a pas moins de force que la précédente, elle se trouve dans l'alcoran. Il y est dit qu'un matin ce saint prophête fut enlevé de son lit par l'ange Gabriel ; qu'il parcourut les sept cieux, le paradis et l'enfer ; qu'il en vit distinctement toutes les merveilles, et qu'il eut avec Dieu quatre-vingt-dix mille conférences, et que tout cela se passa en si peu de tems, dit l'alcoran, que le prophête rapporté dans son lit, le trouva encore chaud, et que l'eau d'une aiguière qu'il avait renversée en partant, n'était pas encore répandue tout-à-fait à son retour. Cette observation, relativement à l'emploi qu'on fait du tems, a beaucoup de rapport, ce me semble, avec celle de Mallebranche et de Locke, en supposant que ce ne fut pas la même.

La troisième est tirée des contes turcs, et je crois qu'elle a encore infiniment plus d'analogie avec mon sujet que les autres ; la voici.

Un sultan d'Egypte, qui se piquait d'être ce qu'on appelle un esprit fort, ne croyait point à ce voyage admirable de Mahomet, et il osait même s'en moquer comme d'une chimère. Un jour qu'il s'entretenait sur ce sujet avec un docteur mahométan, qui avait

le don des miracles ; le saint homme lui promit de le guérir de son incrédulité, s'il voulait faire ce qu'il lui dirait. Le sultan le prend
au mot, et se place par son ordre auprès
d'une grande cuve remplie d'eau jusqu'au
bord ; toute sa cour était présente, et formait
un grand cercle autour de la cuve. Alors
l'homme de Dieu ordonna au monarque d'y
plonger la tête et de l'en retirer sur-le-champ.
Le monarque obéit ; mais à peine eut-il mis
la tête dans l'eau, qu'il se trouva seul au pied
d'une montagne, sur le bord de la mer. Qu'on
se figure son étonnement et sa colère. Il mau-
dit le perfide docteur, et jura qu'il ne pardon-
nerait jamais ce tour de sorcellerie. A la fin,
jugeant que la colère et les menaces ne rémé-
dieraient à rien, il songea au plus pressé, à
trouver un moyen de subsister dans ce pays
inconnu. Il apperçut des bucherons qui tra-
vaillaient dans une forêt voisine. Il les joi-
gnit, et ces bonnes gens le conduisirent à une
ville un peu éloignée de la forêt. Là, après
plusieurs aventures, il épousa une femme fort
belle et fort riche, dont il eut quatorze enfans, sept garçons et sept filles. Elle mourut,
et il se vit réduit, par divers accidens, à une
pauvreté extrême, ensorte que devenu gagne-
denier, ce malheureux prince allait dans les

rues, offrant ses services au premier venu.
Un jour qu'il se promenait seul au bord de la
mer, il se mit à comparer sa misère présente
et sa félicité passée. Comme les malheureux
sont volontiers dévots, il voulut faire sa
prière et s'y préparer par l'ablution. C'était
l'usage des musulmans. Il ôta donc ses hail-
lons pour se purifier dans la mer, il s'y plonge,
et voici un autre prodige. En mettant la tête
hors de l'eau, il se trouva au bord de la cuve
avec son docteur et ses courtisans. Sa surprise et sa joie ne l'empêchèrent point d'éclater contre le docteur. Il lui reprocha amère-
ment cette malice perfide qui avait exposé son
prince à tant d'avantures bizarres et des in-
fortunes si longues et si humiliantes. Mais
l'étonnement du sultan fut au comble quand
toute l'assemblée lui protesta que ses aventures se réduisaient à un moment d'extase;
qu'il n'avait bougé du bord de la cuve, et
n'avait fait autre chose qu'y plonger la tête
et l'en retirer.

Ce fut une occasion, ce me semble, pour
le docteur, de lui faire sentir par la suite que
rien n'est impossible à Dieu, et que celui pour
qui mille ans sont comme un jour, peut bien
faire qu'un seul jour, qu'un seul instant même
soit comme mille ans pour ses créatures.

Rien de plus juste ni de plus applicable que les observations que le saint homme dut faire à son sultan après une telle action , et il me semble qu'elles durent être les mêmes qu'auraient exposées Locke et Mallebranche , dans le même cas , et qu'en ce sens elles deviennent analogues à mon sujet. Et en effet, à mon reveil je voulus faire aussi comme le sultan, bien que ce fut en sens contraire. On eut beau vouloir me persuader que j'étais toujours le même , que je n'étais rien moins que ce que je prétendais être , je n'en voulu rien croire. Il me semblait au contraire que j'avais une toute autre existence , et qu'il était impossible que je fusse resté tout ce tems dans mon lit, et surtout sans bouger, comme ils le prétendaient, après tant d'aventures. A la vérité, j'avouerai qu'il me fallut quelque tems pour m'en bien pénétrer, et que sans quelques comparaisons fortes que j'ai été à portée de faire depuis, j'aurais peut-être resté long-tems encore dans les mêmes sentimens; mais j'en suis bien revenu depuis, et si, comme le prouve encore un anglais, nous n'avons d'idées du tems qu'en réfléchissant sur la succession de nos pensées, et s'il est vrai, comme il le dit ailleurs , que cette succession puisse être accélérée ou retardée à l'infini,

il s'ensuivra que deux êtres pensans auront de
la même portion de durée une idée très-diffé-
rente, selon que leurs pensées, qu'on doit
supposer également distinctes, se succéde-
ront l'une à l'autre avec plus ou moins de
célérité; et que d'ailleurs, en suivant le
même sentiment de cet anglais, l'homme qui
ne pense à rien, ou à peu de chose, réduit à
rien, ou à peu de chose, le tems qui lui est
donné pour vivre; et qu'au contraire il ne
tient qu'à lui de l'étendre en multipliant, en
variant ses pensées et leurs objets, en s'ha-
bituant sur-tout à les faire succéder l'une à
l'autre avec une certaine rapidité.

Il n'y a point de doute, mon cher lecteur,
que mon rêve n'ait produit sur moi divers
effets; et soit que vous le traitiez de fable,
ou que vous le regardiez comme un conte fait
à plaisir, il n'en sera pas moins vrai qu'il a
été tel; et puis encore une fois, à quoi bon
vouloir prouver? Tout ce que je sais, c'est
que je m'en rejouis fort, et je m'en rejouis
d'autant plus, qu'il me procure la douce satisfaction de répéter cette sublime pensée de
Martial.

. . . . Hod. . .

Vivere bis, vitâ posse priore fru. .

Fin.

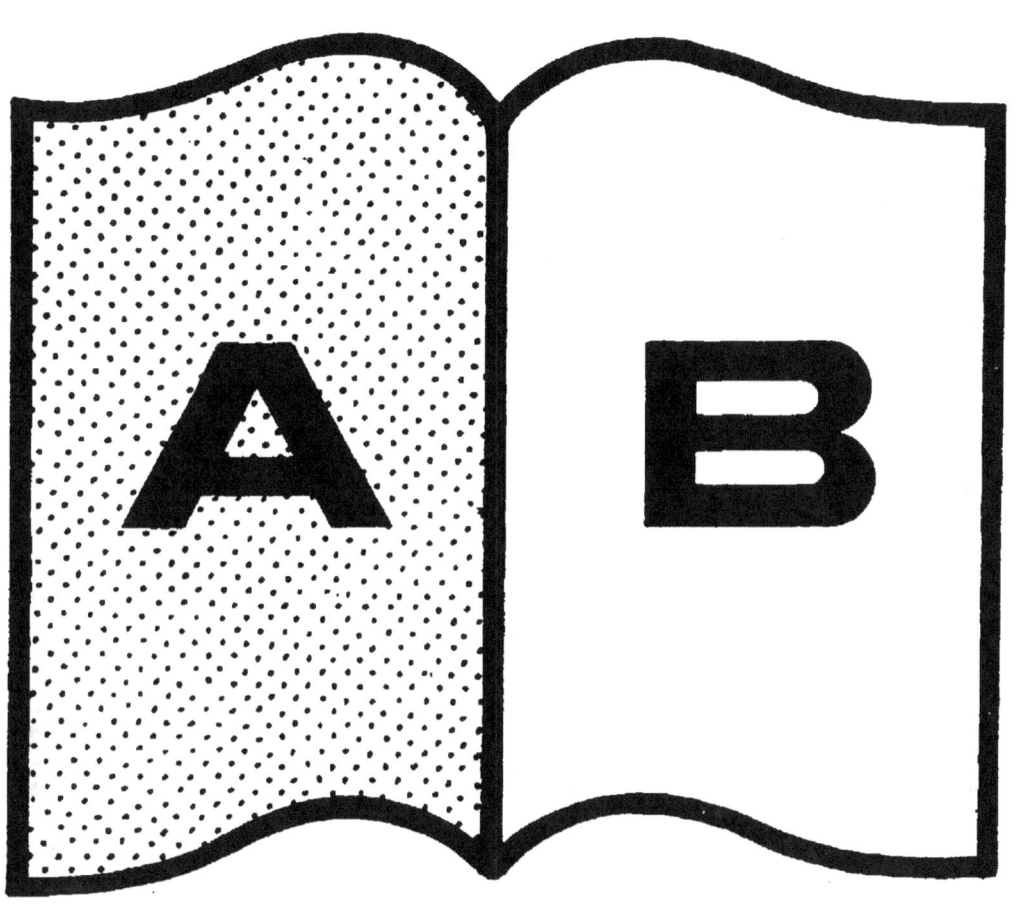

Contraste insuffisant

NF Z 43-120-14

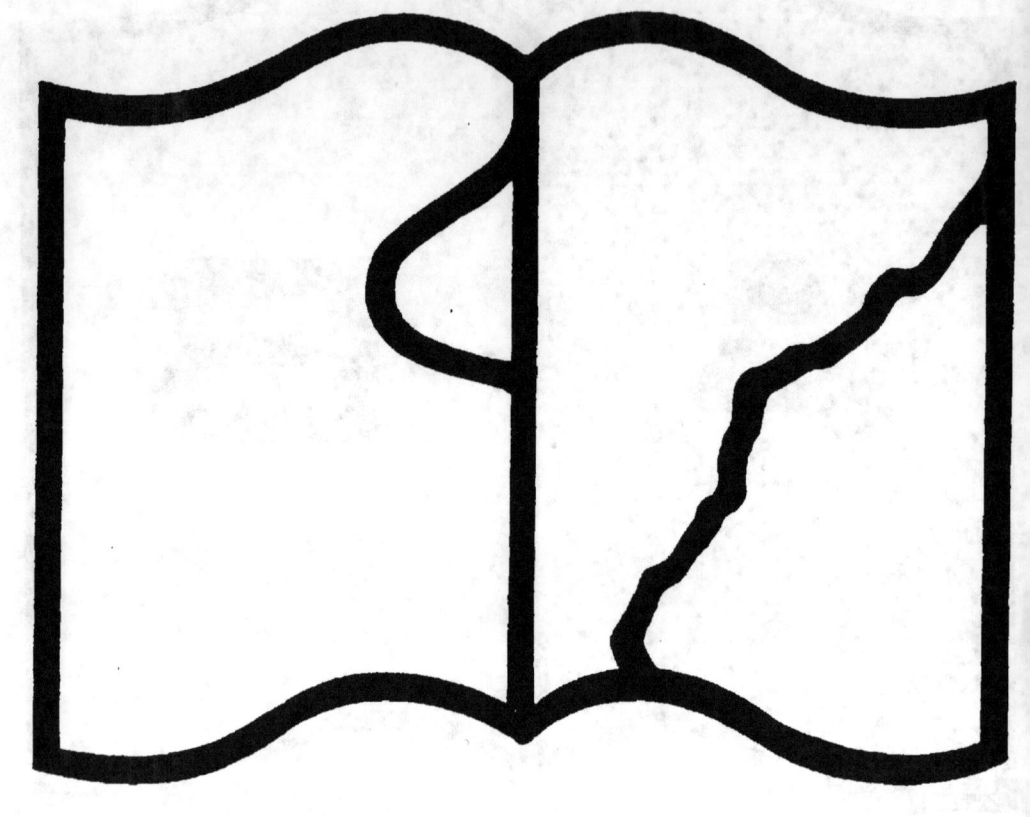

Texte détérioré — reliure défectueuse

NF Z 43-120-11